涢水谣

YUN SHUI YAO

安陆作者原创歌曲集

沈建华◎主编

四川民族出版社

图书在版编目（CIP）数据

涢水谣 / 沈建华主编. — 成都 : 四川民族出版社, 2024.4

ISBN 978-7-5733-1909-8

Ⅰ. ①涢… Ⅱ. ①沈… Ⅲ. 诗词 - 作品集 - 中国 Ⅳ. ①I22

中国国家版本馆CIP数据核字(2024)第077813号

涢水谣

YUNSHUI YAO

沈建华　主编

出 版 人　泽仁扎西
责任编辑　李　霞
责任校对　姜　颖
责任印制　温祥宇
出版发行　四川民族出版社
（四川省成都市青羊区敬业路108号）
邮政编码　610031
成品尺寸　210mm × 285mm
印　　张　8.25
字　　数　140千
印　　刷　成都勤德印务有限公司
版　　次　2024年4月第1版
印　　次　2024年4月第1次印刷
书　　号　ISBN 978-7-5733-1909-8
定　　价　48.00元

《涢水谣》编委会

[序]

李白故里出音才

徐文西

安陆一直是我情牵梦绕的圣地，那里有诗仙李白“酒隐安陆·蹉跎十年”创作的200余篇传世佳作，他那“酒入豪肠，七分化作月光”的浪漫、潇洒、豪放之气，他那“余下三分呼为剑气，绣口一吐，就是半个盛唐”的独到、绝妙、英雄之气，以及他那“举头望明月，低头思故乡”的千古流传，和他那“安黎元，济苍生”的家国情怀等，让我拍案叫绝，钦敬至极。

2021年9月7日，是一个秋高气爽、阳光灿烂的好日子。我随湖北省文联副主席肖伟池、省民协秘书长黄超芬，及省演艺集团作曲家朱才勇等来到安陆市烟店镇烟店村采风、学习。对我和才勇来说，任务还有为烟店村创作一首村歌，为这里的乡村振兴锦上添花，贡献音乐文化艺术的一分力量。

座谈会开得热烈而畅快。我们先后听取了孝感市文联副主席沈腊梅、安陆市委宣传部部长王甜、湖北省民协秘书长黄超芬、烟店镇党委书记李波洋、安陆市文联副主席周敬轩等同志的精彩发言。大家众口说一，详细地介绍了烟店村的过去、现在、未来，让我如获家珍，创作灵感多多，收获满满。

走山转水的田园采风，所到之处，无一不让人诗兴飞扬，流连忘返。安陆市音协主席余承鸿、音协常务副主席兼秘书长沈建华、音协常务理事王国平，以及市委宣传部常务副部长孙克超，一路陪同，一路介绍，一路笑谈，更是让我一路感动，一路激动，一路有了许多创作的冲动。

与他们的聚会及交谈，使我回想起2018年8月31日来安陆担任安陆市形象歌曲歌词评审的情况：经过反复的审听、看稿、讨论、评议，从来自全国的几百件作品中评出了五首优秀作品。王国平作词作曲的《钱冲，那个醉人的地方》，孙克超作词的《家在府河边》均在这五首佳作之列。因而，事隔三年之后再与安陆音乐界的朋友相见，就觉得是老友相逢，格外亲切。

也就是在这次聚会中，安陆市音协常务副主席兼秘书长沈建华告诉我，市音协正在筹措资金，广泛收集资料，准备出版一本歌曲集《涢水谣》，并热情邀请我为之作序。我欣然同意。

后来陆续收到建华、国平发来的资料。仅看《涢水谣》的结构，就知他们付出了艰苦的劳动和大量的心血。全集分八个部分：七月的歌、涢水歌谣、李白遗风、校园之声、逆风之爱、名家名作、词苑芬芳、安陆民歌赏析、情系安陆。内容丰富，形式多样，显独特风采。唱家乡，赞生活，歌时代，颂党恩，爱国爱家爱人民，都是这本歌集所展示的情感。

细细品读，轻轻吟唱，发现歌曲集中有不少深情之作。如：王国平作词，余承鸿作曲的《七月的风》，就是献给中国共产党一百周年诞辰的力作。此歌一唱响，便荣登中宣部学习强国 App，得到广泛传播；沈建华作词作曲的《我们的学校》荣获全国少儿歌曲比赛二等奖；万传武、沈建华作词，沈建华作曲的《是谁》入选《孝感市百年百首优秀歌曲集》；万传武作词，余承鸿作曲的《逆行之光》在北京“公卿杯”原创歌曲大赛中荣获金奖；还有万传武、冬雪儿作词，冬雪儿作曲的《冬雪》在“放飞中国梦，相聚在北京”征歌中荣获银奖……这些好词好旋律，充分反映出安陆已拥有一个强劲的音乐创作团队，他们笔耕不辍，执着追求创新与突破，一月一月、一季一季、一年一年，创作出许多可歌可传的新作品，为繁荣我国的音乐文化起了很大的推动作用。他们弘扬着安陆的民间音乐文化，让新时代的歌海里有了安陆的音乐浪花。

词以情为本，曲以情为根。一直以来，我都认为，文艺工作者不分专业和业余，都应到群众生活的海洋中去，甘当人民群众的学生，谦虚好学，不断充电，不断进取，要“把握时代的脉搏，倾听人民的声音，要培根铸魂，明德向上，要眼睛朝下，要接地气，要跟上时代的步伐，要从高原迈向高峰，要创作出广大民众真正喜爱的好作品，好歌曲”。

在湖北省文联工作期间，让我最最高兴、欣慰的事，就是采风创作有不少成果。《山路十八弯》就是三十二年前我在长阳县乐园乡招来河小镇采风创作的。如果不是去发现，去感悟，去思考，去想象，去升华，不会有《山路十八弯》的出现和流传。感谢生活，感谢那一方水土，养育了能歌善舞的人们给予我灵感和激情。

来到安陆烟店村的头天晚上，我彻夜难眠。透过月色遥望远远的白兆山，好像看见了一千三百多年前的李白。于是挥毫写下了诗作《在烟店，和李白对话》。我想借写“序”之机让它面世，同时作为献给安陆音乐界的一份薄礼。

在烟店，和李白对话

谁在中堡峰上，和李白对话，
每一次叩拜，都妙笔生花。
谁在白兆山下，和李白对话，
每一次举杯，都豪放潇洒。

谁在唐风古镇，和李白对话，
每一首新诗，都大俗大雅。
谁在涢水两岸，和李白对话，
每一首新曲，都唱醉月牙。

和李白对话，爱上仙居农家，
那是桃花源，和美成诗画。
和李白对话，爱上好酒好茶，
那是天下客，梦醒不思家。

在烟店，和李白对话，
每一次回望，都赞叹惊讶，
在烟店，和李白对话，
每一次探访，都笑成桃花。

2021 年 9 月 8 日清晨 5 点 56 分，于安陆烟店村

非常感谢安陆音乐界的新老朋友们，让这本歌曲集也将我和作曲家朱才勇为烟店写的村歌《和美烟店村》收录。希望此歌能和歌曲集中的其他歌曲一样，在安陆的山山水水间唱响。

昨天过了是今天，旧岁去了是新年。此时是 2021 年的最后一天，写着写着就迈进了 2022 年元旦。此时，天快蒙蒙亮了，但我丝毫没有疲惫之感。我多想再有机会去安陆，抱抱它的千年银杏，饮饮它的白云泉，登登它的南天门，拜拜它的白兆山，看看它的太

白堂，逛逛它的太白楼……因为，那里有不少我的知音。我想与安陆的作曲家携手合作，为安陆这片令人心驰神往的地方写出更多更好的新歌。

这本歌曲集是安陆词曲作家多年来优秀作品的精选汇聚。在今后的岁月里，咱们将这些好歌唱响，使之具有生命力及传播性；还要遵循习主席关于文艺创作的讲话的要旨，不断求新、求美，为安陆，为湖北，为中国，创作出老百姓喜闻乐见、家喻户晓的好歌来。安陆音乐界的朋友们，让咱们同一愿景，加油干吧！

2022 年元旦清晨 4 点 48 分于武汉

目　录

◆ **七月的歌**

七月的风 …… 2
祖国，我为你高歌 …… 3
一带一路颂 …… 4
是谁 …… 5
冰洁之花 …… 6
迎着海洋的风 …… 7
人民在我心中 …… 9

◆ **涢水歌谣**

涢水谣 …… 12
中国梦，碧山情 …… 13
钱冲，那个醉人的地方 …… 14
诗画安陆是故乡 …… 15
魅力安陆 …… 16
南城故事 …… 17
君不知 …… 19
梦中的妈妈 …… 21
人生如风雨 …… 23
爱在天上人间的家 …… 24
久违乡愁 …… 25
乡影 …… 26
梦里梦外乡思味 …… 27
释然 …… 28
阳光女人 …… 29
红色爱恋 …… 31
素颜 …… 33
与你执手看一场秋凉 …… 34
军营畅想曲 …… 35
那年那画 …… 36
涢之冬 …… 37
和美烟店村 …… 38
府河魂　安陆情 …… 39

◆ **李白遗风**

行路难 …… 42
诗仙寻梦
——李白在安陆 …… 43
黄鹤楼送孟浩然之广陵 …… 44

◆ **校园之声**

点燃青春的梦想
——郧国学府之歌（安陆市第一高级中学校歌） …… 48

誓为国栋梁
——安陆市中等职业技术学校校歌 …… 49
扬帆远航
——安陆市实验初级中学校歌 ………… 50
安陆市实验小学校歌 ………………………… 51
安陆市紫金路小学校歌 ……………………… 52
走向辉煌
——安陆市巡店镇中心小学校歌 ……… 53
凤凰骄傲 ……………………………………… 54
中国书法 ……………………………………… 55
放飞梦想
——蕲春县华毅学校校歌 ……………… 56
我们的学校 …………………………………… 57
在哪里 ………………………………………… 58
都讲礼貌 ……………………………………… 59
爱在校园 ……………………………………… 60
从这里起航
——安陆市洑水镇初级中学校歌 ……… 61
爱，温暖着我们心房 ………………………… 62

◆ **逆风之爱**

逆行之光 ……………………………………… 66
我们在一起 …………………………………… 67
你的模样 ……………………………………… 68
等你回家 ……………………………………… 69

◆ **名家名作**

赶秧雀 ………………………………………… 72
长江之恋 ……………………………………… 76
梦想 …………………………………………… 78

◆ **词苑芬芳**

佟文西
风雨过后，又见彩虹 ……………………… 82
江南梦 ……………………………………… 82
莲花心灯 …………………………………… 82
美丽中国，我爱你 ………………………… 83
山水十八弯 ………………………………… 83
有我在，有我来 …………………………… 84
王国平
远望故乡的月亮 …………………………… 84
安陆·记忆 ………………………………… 85
以梦为船 …………………………………… 85
天涯共知音 ………………………………… 86
郧国学府之恋 ……………………………… 86
爱在他乡亦故乡 …………………………… 87
接官恋歌 …………………………………… 87
等你在襄阳 ………………………………… 87
张玉萍
怀念家乡 …………………………………… 88
山水安陆，我爱你 ………………………… 89
陈仁坤
涢水印象 …………………………………… 89
万传武
无可救药 …………………………………… 90
少年的梦 …………………………………… 90
初心是一盏明灯 …………………………… 90
人生是一场旅行 …………………………… 91
未来的未来 ………………………………… 91
心凉 ………………………………………… 92
安陆 ………………………………………… 92

高　林

诗画安陆 …… 92

蔡五成

府城情　安陆天 …… 93

幸福家园 …… 93

胡国平

悠悠涢水情 …… 94

刘仕勇

安陆颂歌 …… 94

梅传忠

美丽安陆我的家 …… 95

孙克超

家在府河边 …… 95

千年安陆 …… 95

张青松

醉美安陆 …… 96

大美安陆 …… 96

郑家柱

如诗如画美家园 …… 97

山碧水秀话诗篇 …… 97

郑靖

迎宾曲 …… 98

卓金平

楚天安陆 …… 98

最美的安陆人 …… 99

◆ 安陆民歌赏析

安陆民歌简介 …… 102

号　子

十把扇娃 …… 103

打麦歌 …… 103

田　歌

车水号子 …… 104

栽秧歌 …… 104

山　歌

放牛山歌 …… 105

灯　歌

跑竹马 …… 106

划船调 …… 106

小　调

对子歌 …… 108

卖饺子 …… 109

望郎 …… 109

怀胎 …… 110

黄土坡 …… 110

双探妹 …… 111

◆ 情系安陆

冼星海 …… 114

何宽钊 …… 116

邓小峰 …… 117

蔡明强 …… 118

七月的歌

QIYUE
DE
GE

七月的风

1=B $\frac{4}{4}$

王国平 词
余承鸿 曲

你从七月走过，带着历史嘱托。你从
东方走过，鲜血浸透旗帜颜色。你从
南湖走过，留下多少传说。你从
红船走过，理想之花永不凋落。啊，
七月的风，七月的雨，一路风雨，一路跋涉，啊，
七月的你，七月的我，初心不改，迎来人间春色。（你从）
色。啊，七月的风，七月的火，火样青春，火样执
着。啊，七月的你，七月的我，百年追梦，同唱奋进的
歌。百年追梦，同唱奋进的歌。

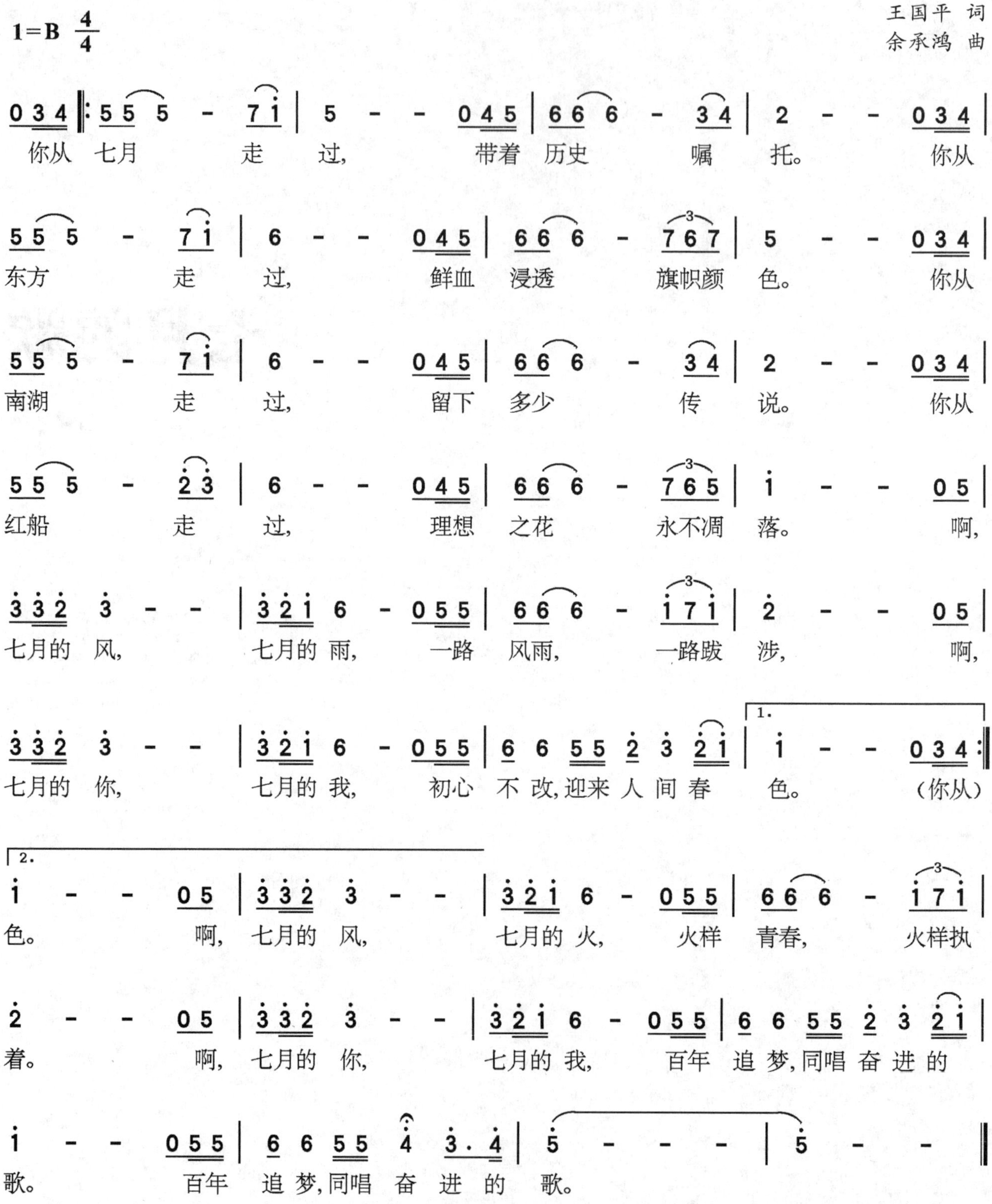

祖国，我为你高歌

1=C $\frac{4}{4}$

深情地

佟文西 词
刁 勇 曲

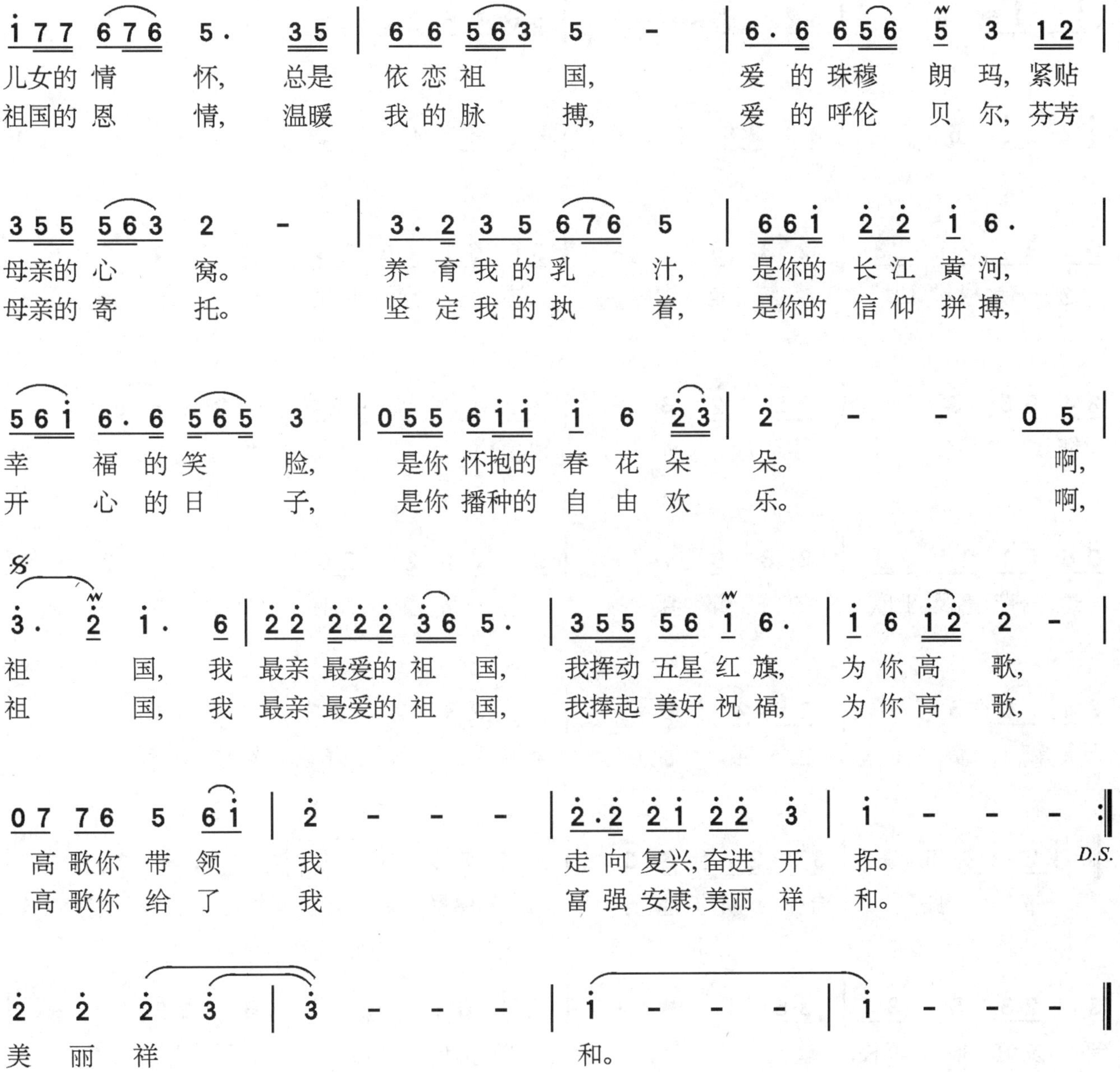

儿女的 情 怀，总是 依恋 祖 国，爱 的 珠穆 朗 玛，紧贴
祖国的 恩 情，温暖 我 的 脉 搏，爱 的 呼伦 贝 尔，芬芳

母亲的 心 窝。养 育 我 的 乳 汁，是你的 长 江 黄 河，
母亲的 寄 托。坚 定 我 的 执 着，是你的 信 仰 拼 搏，

幸 福 的 笑 脸，是你 怀抱的 春 花 朵 朵。啊，
开 心 的 日 子，是你 播种的 自 由 欢 乐。啊，

𝄋
祖 国，我 最亲 最爱的 祖 国，我挥动 五星 红 旗，为 你 高 歌，
祖 国，我 最亲 最爱的 祖 国，我捧起 美好 祝 福，为 你 高 歌，

高歌你 带 领 我 走 向 复兴，奋进 开 拓。D.S.
高 歌你 给 了 我 富 强 安康，美丽 祥 和。

美 丽 祥 和。

一带一路颂

（女声独唱）

1=F $\frac{4}{4}$

♩=88

华　也 词
赵向东 曲

（12 15 5 - | 32 16 5 - | 66 56 13 21 | 2· 3 2 - |

12 23 5 - | 33 76 6 - | 55 61 23 65 | 1 - - - ）|

05 61 21 23 | 2 3 6 5 - | 05 61 16 16 | 5 6 1 2 - |
这一带 横贯 西域 经 济 走 廊， 这一路 传承 华夏 千 年 梦 想，

34 56 5 - | 35 12 6 - | 21 23 2 23 | 63 65 5 - |
丝绸 之 路， 再次 起 航， 智慧 中 国， 精彩 你的 向往。

05 61 21 23 | 2 3 6 1 - | 05 61 21 26 | 5 6 2 3 - |
这一带 惠及 亚欧 友 好 邻 邦， 这一路 通向 海上 四 面 八 方，

34 56 5 - | 35 23 6 - | 21 23 2 23 | 23 61 1 - |
人文 商 贸， 互联 互 通， 美丽 中 国， 谱写 锦绣 华章。

‖: 12 15 5 - | 33 211 6 5· | 66 56 5 3 | 11 16 3 2· |
一带 一 路， 合作 共赢的 地 方， 美好 愿景 多 么 多么 令人 神 往！

3 23 5 35 | 35 1 6 - | 11 61 0 1 1 | 61 32 2 - |
筑 友谊，播 幸福， 敢于 担 当， 以邻 为伴， 共 享 和平 阳光。

12 23 5 - | 66 65 4 5· | 66 56 0 1 6 | 35 12 2 - | 3 23 5 35 |
一带 一 路 张开 梦的 翅 膀， 自由 飞翔。 天 地 多么 宽广， 心 连心，手 牵手，

76 56 6 - | 0 1 1 11 61 | 32 12 2 - :‖ 2· 3 6 56 | 1 - - - ‖
奔向 远方， 追 梦 路上 共建 新的 辉煌。 新 的 辉 煌。

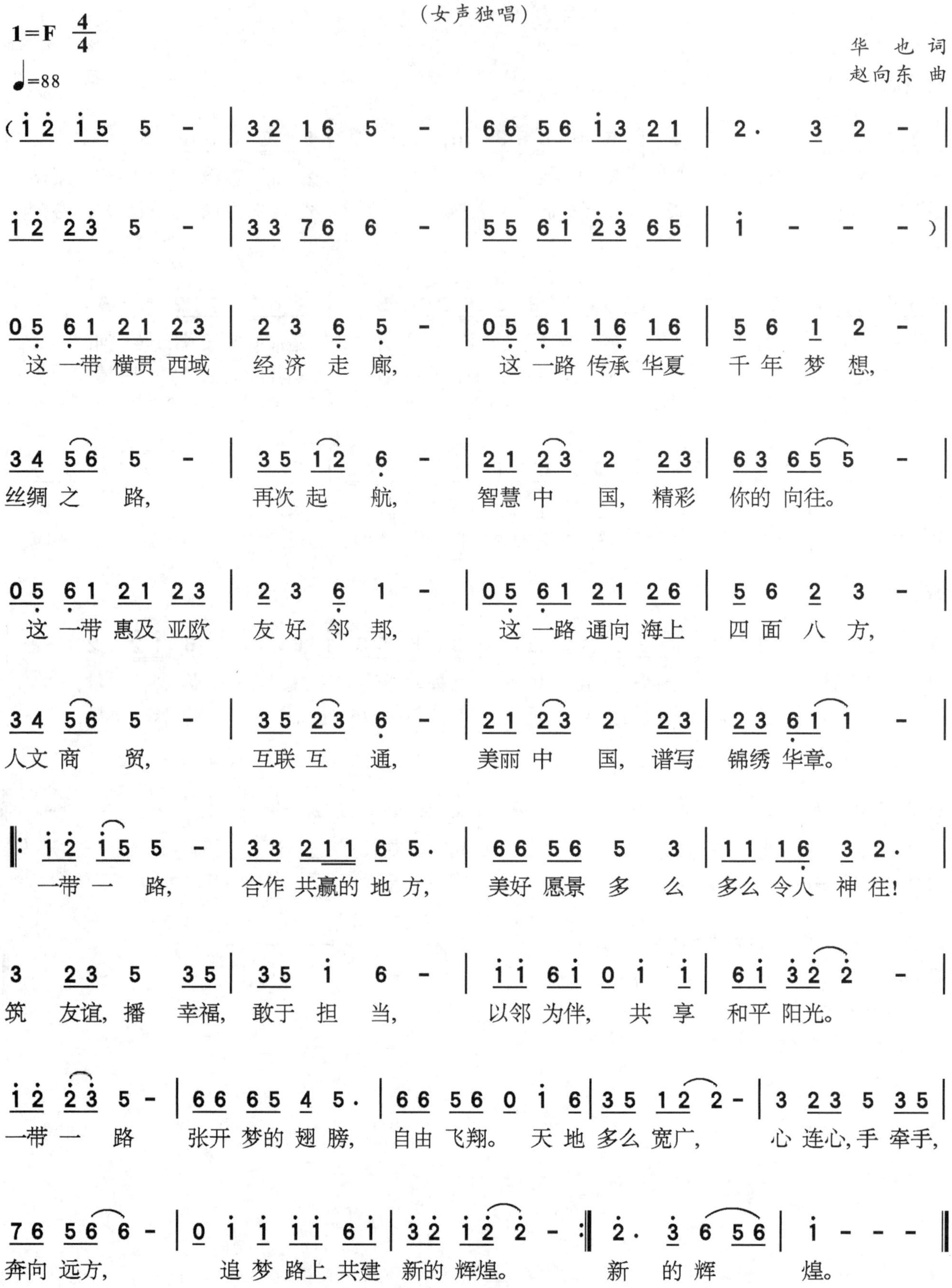

是谁

（男高音独唱）

万传武　沈建华 词
沈建华 曲

1=♭E $\frac{2}{4}$

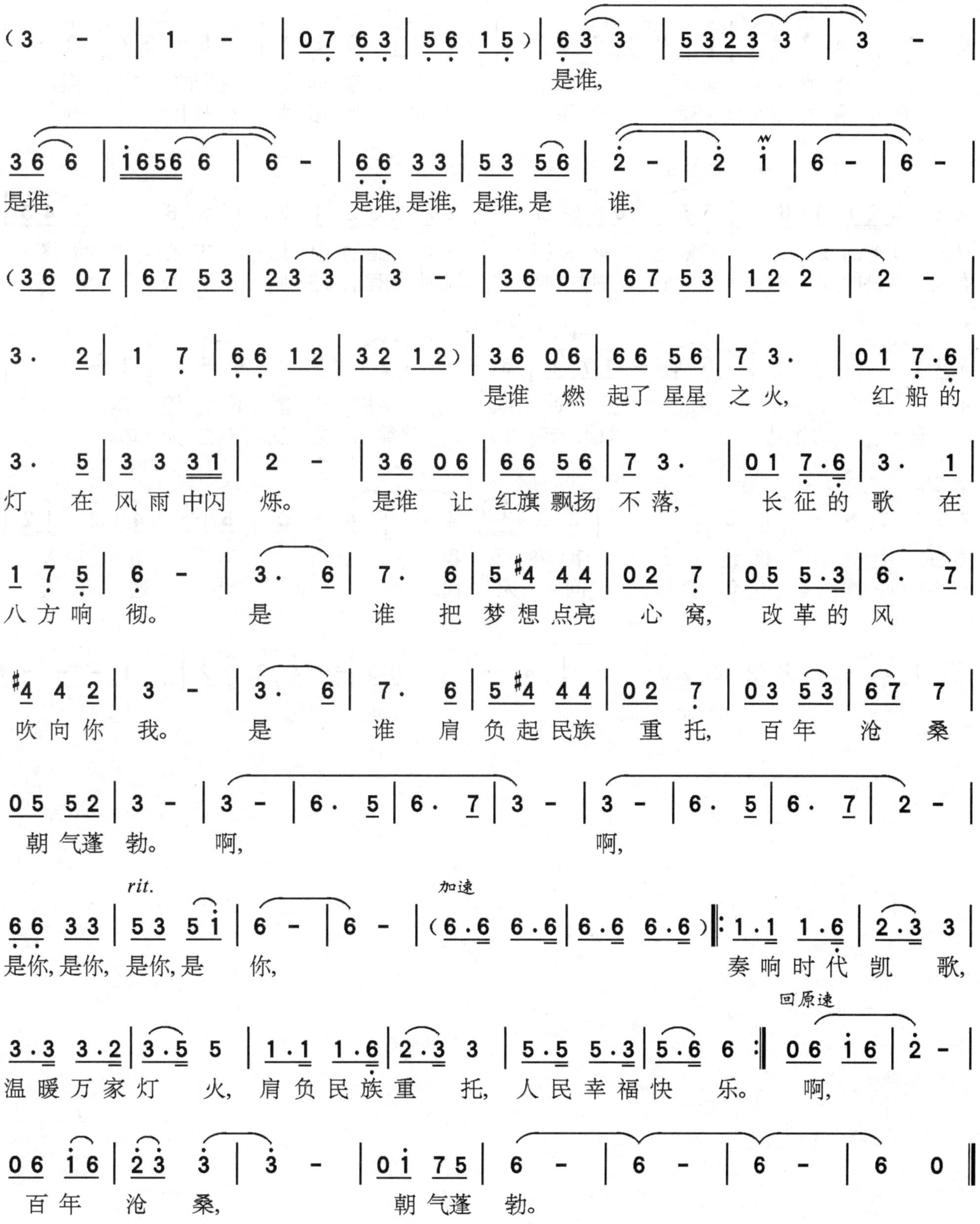

是谁，

是谁，是谁，是谁，是谁，是 谁，

是谁 燃 起了星星 之火，红船的

灯 在风雨中闪 烁。是谁 让 红旗飘扬 不落，长征的歌 在

八方响 彻。是 谁 把 梦想点亮 心 窝，改革的风

吹向你 我。是 谁 肩 负起民族 重 托，百年 沧 桑

朝气蓬 勃。啊，啊，

rit. 加速

是你，是你，是你，是 你，奏响时代凯 歌，

回原速

温暖万家灯 火，肩负民族重 托，人民幸福快 乐。啊，

百年 沧 桑，朝气蓬 勃。

冰洁之花

1=G $\frac{4}{4}$

张玉萍　万传武 词
王　锋 曲

深情地

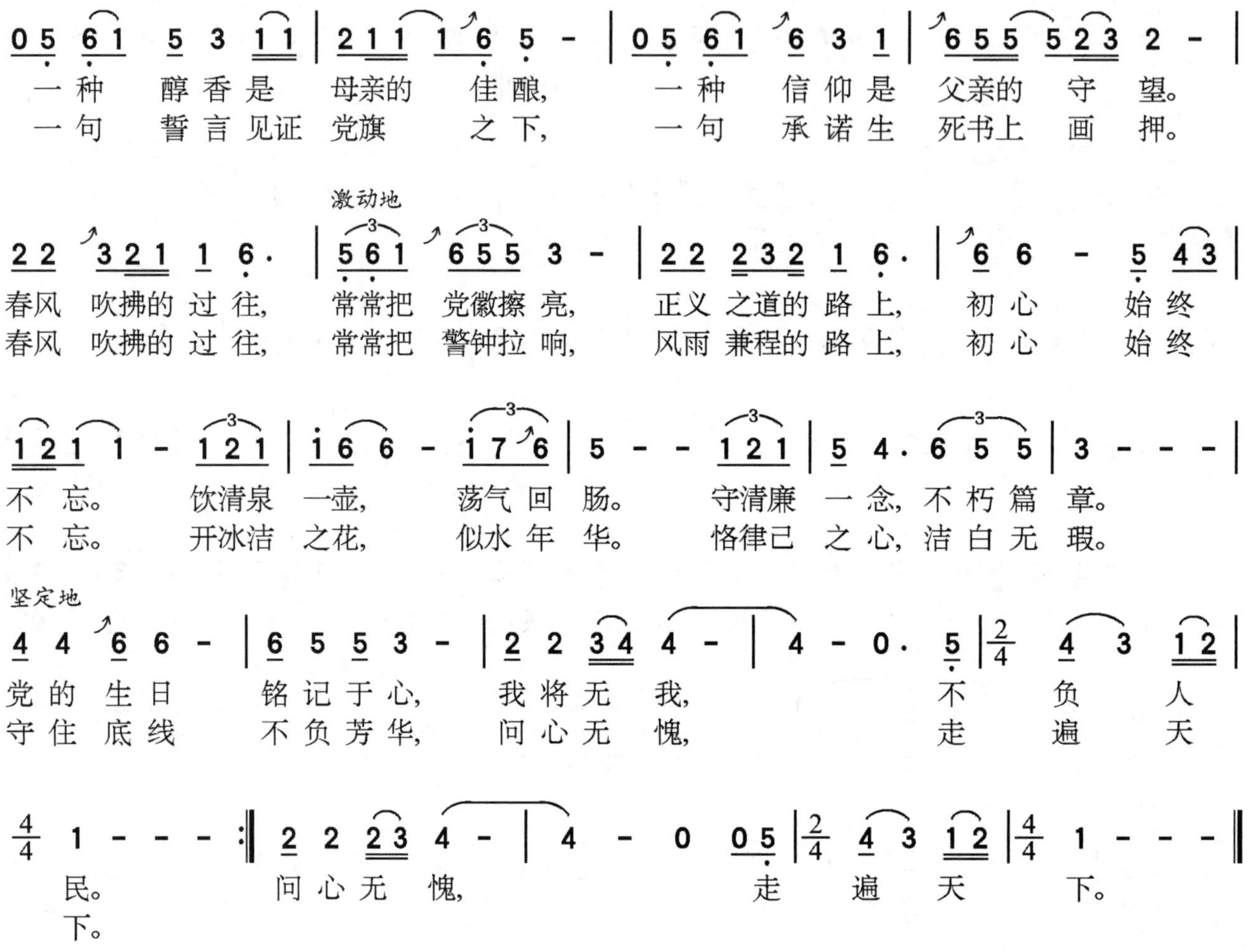

05 61 5 3 11 | 211 16 5 - | 05 61 63 1 | 655 523 2 - |

一种 醇香是 母亲的 佳酿， 一种 信仰是 父亲的 守 望。
一句 誓言见证 党旗 之下， 一句 承诺生 死书上 画 押。

激动地

22 321 1 6· | 561 655 3 - | 22 232 1 6· | 6 6 - 5 43 |

春风 吹拂的 过 往， 常常把 党徽擦 亮， 正义 之道的 路 上， 初 心 始 终
春风 吹拂的 过 往， 常常把 警钟拉 响， 风雨 兼程的 路 上， 初 心 始 终

121 1 - 121 | i6 6 - i76 | 5 - - 121 | 5 4·6 5 5 | 3 - - - |

不 忘。 饮清泉 一壶， 荡气 回 肠。 守清廉 一 念，不 朽 篇 章。
不 忘。 开冰洁 之花， 似水 年 华。 恪律己 之 心，洁 白 无 瑕。

坚定地

4 4 6 6 - | 6 5 5 3 - | 2 2 34 4 - | 4 - 0· 5 | $\frac{2}{4}$ 4 3 12 |

党 的 生 日 铭 记 于 心， 我 将 无 我， 不 负 人
守 住 底 线 不 负 芳 华， 问 心 无 愧， 走 遍 天

$\frac{4}{4}$ 1 - - - :‖ 2 2 23 4 - | 4 - 0 05 | $\frac{2}{4}$ 4 3 12 | $\frac{4}{4}$ 1 - - - ‖

民。 问 心 无 愧， 走 遍 天 下。
下。

迎着海洋的风

（女高音独唱）

1=F $\frac{2}{4}$ $\frac{3}{4}$ $\frac{4}{4}$

中速 深情地

佟文西 词
邓小峰 曲

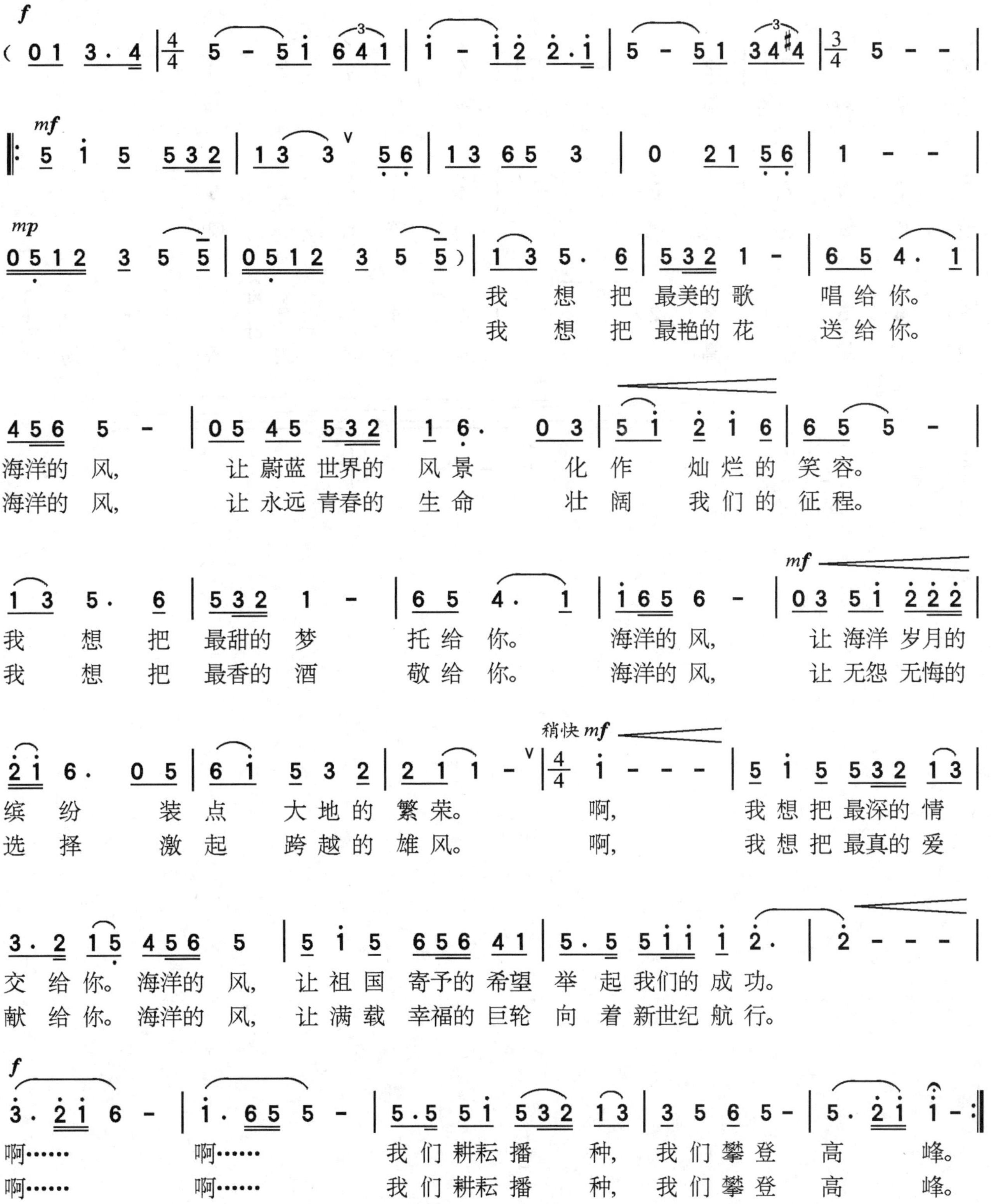
f
mf
mp
我 想 把 最美的 歌 唱 给 你。
我 想 把 最艳的 花 送 给 你。
海洋的 风，让 蔚蓝 世界的 风 景 化 作 灿 烂 的 笑 容。
海洋的 风，让 永远 青春的 生 命 壮 阔 我 们 的 征 程。
我 想 把 最甜的 梦 托 给 你。海洋的 风，让 海洋 岁月的
我 想 把 最香的 酒 敬 给 你。海洋的 风，让 无怨 无悔的
缤 纷 装 点 大 地 的 繁 荣。啊，我 想 把 最深的 情
选 择 激 起 跨 越 的 雄 风。啊，我 想 把 最真的 爱
稍快 mf
交 给 你。海洋的 风，让 祖 国 寄予的 希望 举 起 我们的 成 功。
献 给 你。海洋的 风，让 满 载 幸福的 巨轮 向 着 新世纪 航 行。
啊…… 啊…… 我 们 耕耘 播 种，我 们 攀 登 高 峰。
啊…… 啊…… 我 们 耕耘 播 种，我 们 攀 登 高 峰。

宽广地
转1=♭D（前1̇=后3̇）

3̇. 3̇ 3̇ 2̇1̇ | 2̇ 3̇ - 4̇4̇ | 4̇. 4̇ 4̇ 3̇2̇ | 2̇ - - - |
迎 着 海 洋的 风， 我们 耕 耘 播 种。

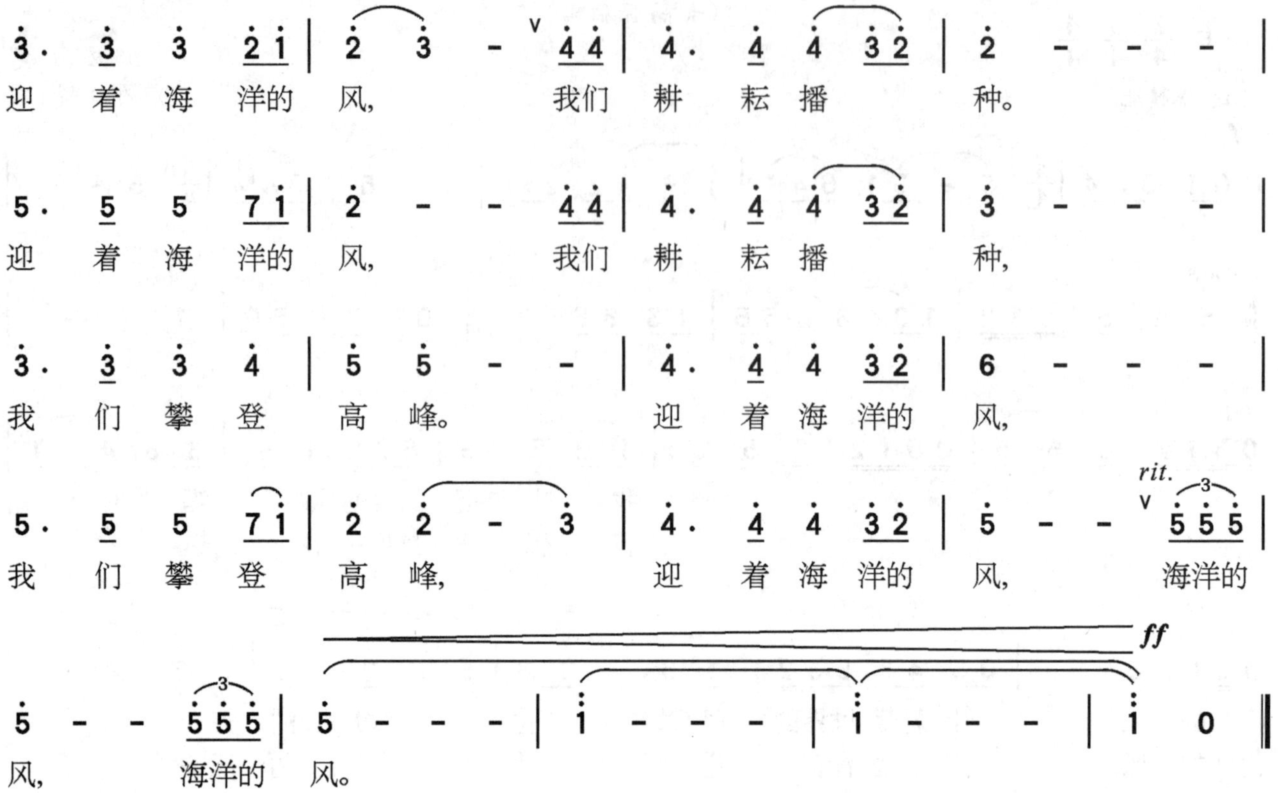

5. 5 5 71̇ | 2̇ - - 4̇4̇ | 4̇. 4̇ 4̇ 3̇2̇ | 3̇ - - - |
迎 着 海 洋的 风， 我们 耕 耘 播 种，

3̇. 3̇ 3̇ 4̇ | 5̇ 5̇ - - | 4̇. 4̇ 4̇ 3̇2̇ | 6 - - - |
我 们 攀 登 高 峰。 迎 着 海 洋的 风，

5. 5 5 71̇ | 2̇ 2̇ - 3̇ | 4̇. 4̇ 4̇ 3̇2̇ | 5̇ - - 5̇5̇5̇ |
我 们 攀 登 高 峰， 迎 着 海 洋的 风， 海洋的

rit. ff

5̇ - - 5̇5̇5̇ | 5̇ - - - | 1̇ - - - | 1̇ - - - | 1̇ 0 ‖
风， 海洋的 风。

人民在我心中

（女声独唱）

万传武 词
余 伟 曲

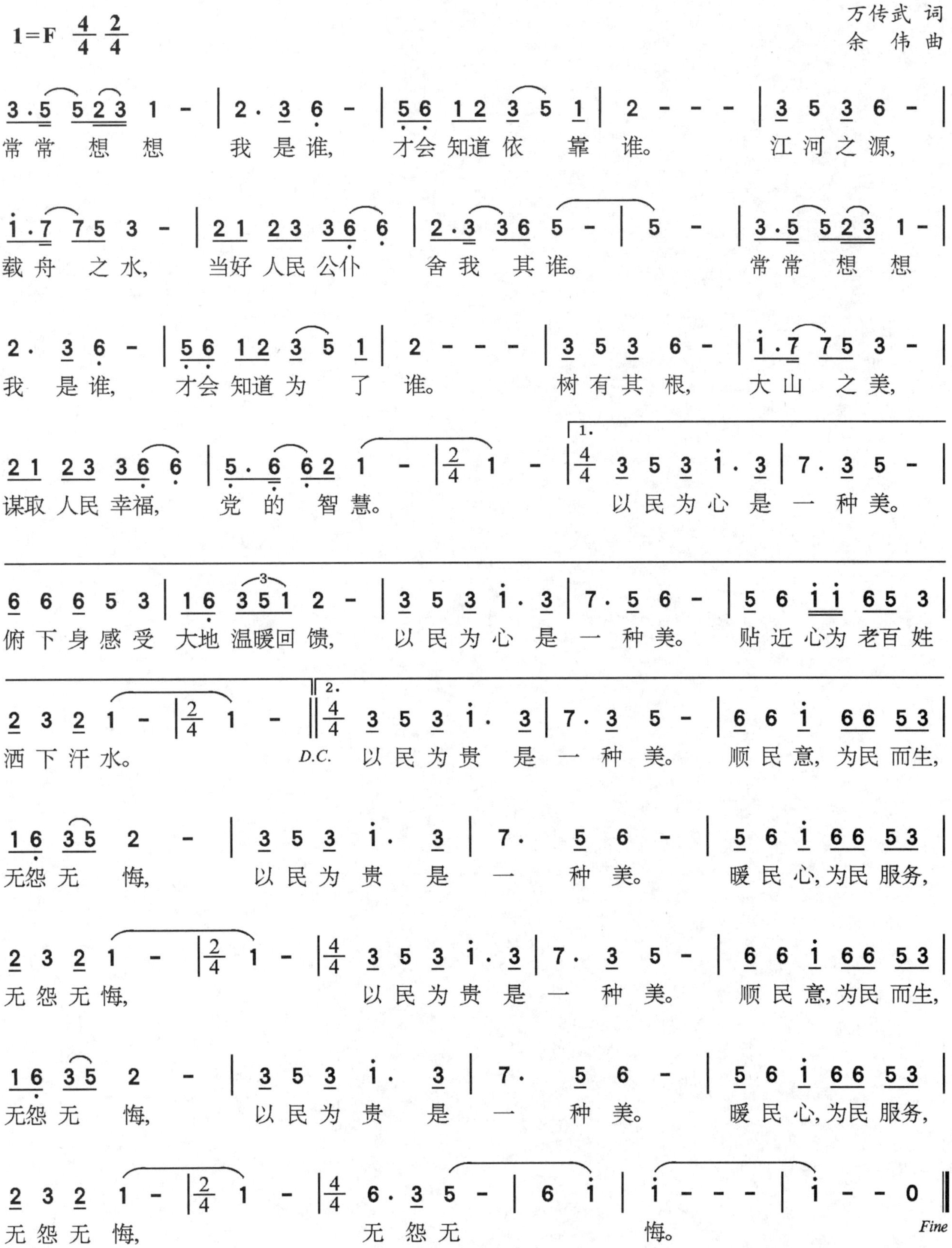

1=F 4/4 2/4

常常想想我是谁，才会知道依靠谁。江河之源，

载舟之水，当好人民公仆舍我其谁。常常想想

我是谁，才会知道为了谁。树有其根，大山之美，

谋取人民幸福，党的智慧。以民为心是一种美。

俯下身感受大地温暖回馈，以民为心是一种美。贴近心为老百姓

洒下汗水。*D.C.* 以民为贵是一种美。顺民意，为民而生，

无怨无悔，以民为贵是一种美。暖民心，为民服务，

无怨无悔，以民为贵是一种美。顺民意，为民而生，

无怨无悔，以民为贵是一种美。暖民心，为民服务，

无怨无悔，无怨无悔。*Fine*

涢水歌谣

YUNSHUI
GEYAO

涢水谣

1=♭E 4/4

♩=66 行板

王国平 词
刘怀宇 曲

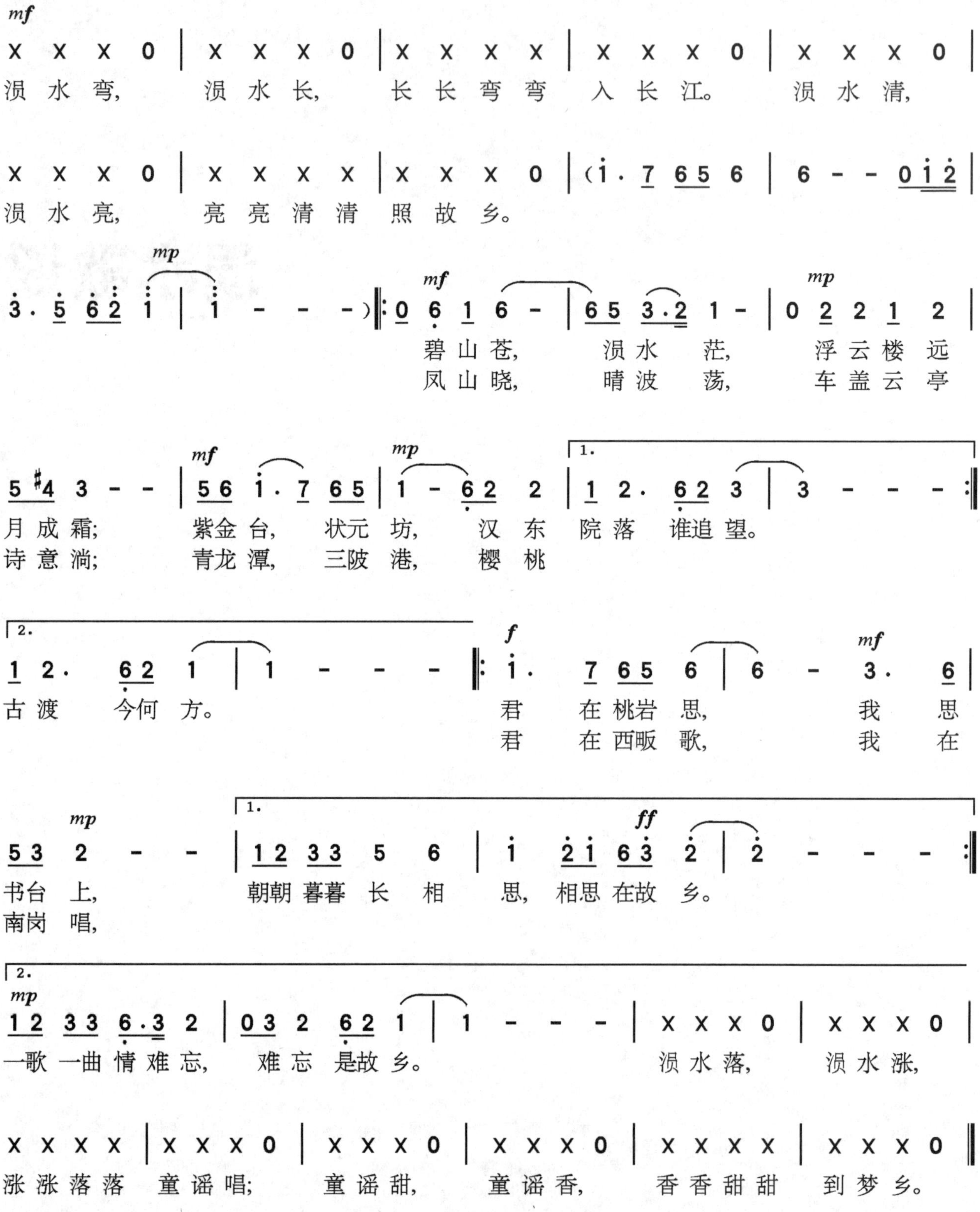

mf

涢水弯，涢水长，长长弯弯入长江。涢水清，

涢水亮，亮亮清清照故乡。

碧山苍，涢水茫，浮云楼远
凤山晓，晴波荡，车盖云亭

月成霜；紫金台，状元坊，汉东院落谁追望。
诗意淌；青龙潭，三陂港，樱桃

古渡今何方。君在桃岩思，我思
君在西畈歌，我在

书台上，朝朝暮暮长相思，相思在故乡。
南岗唱，

一歌一曲情难忘，难忘是故乡。涢水落，涢水涨，

涨涨落落童谣唱；童谣甜，童谣香，香香甜甜到梦乡。

中国梦，碧山情

1=F 4/4
♩=72

张玉萍 词
王 锋 余承鸿 曲

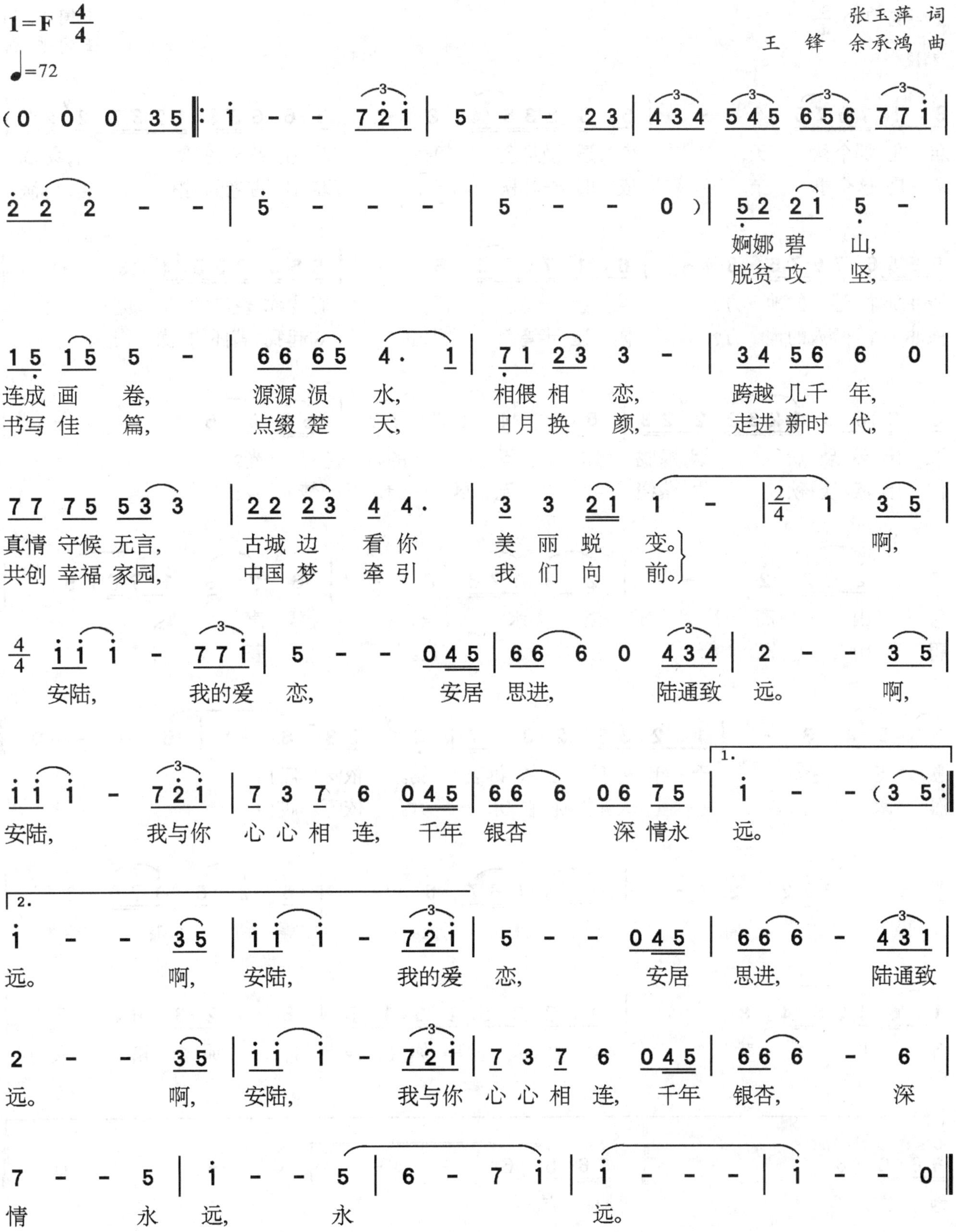

婀娜碧山，连成画卷，源源涢水，相偎相恋，跨越几千年，真情守候无言，古城边看你美丽蜕变。
脱贫攻坚，书写佳篇，点缀楚天，日月换颜，走进新时代，共创幸福家园，中国梦牵引我们向前。

啊，安陆，我的爱恋，安居思进，陆通致远。啊，安陆，我与你心心相连，千年银杏深情永远。

远。啊，安陆，我的爱恋，安居思进，陆通致远。啊，安陆，我与你心心相连，千年银杏，深情永远，永远。

钱冲，那个醉人的地方

1=♭E（D）$\frac{4}{4}$

稍慢

王国平 词
王国平 曲

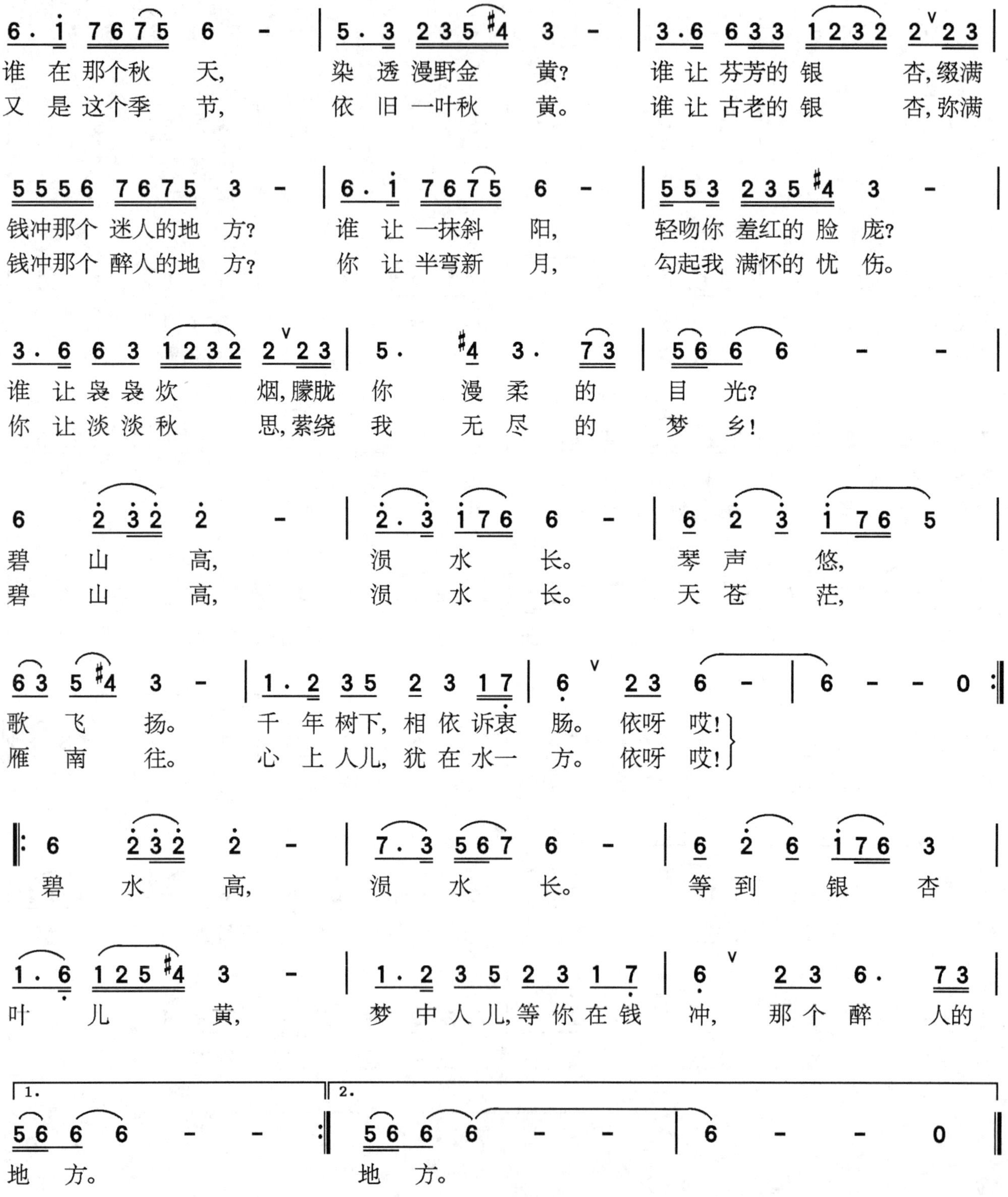

诗画安陆是故乡

1=♭E 4/4

稍慢 深情地

李宏天 曹成海 词

王国平 曲

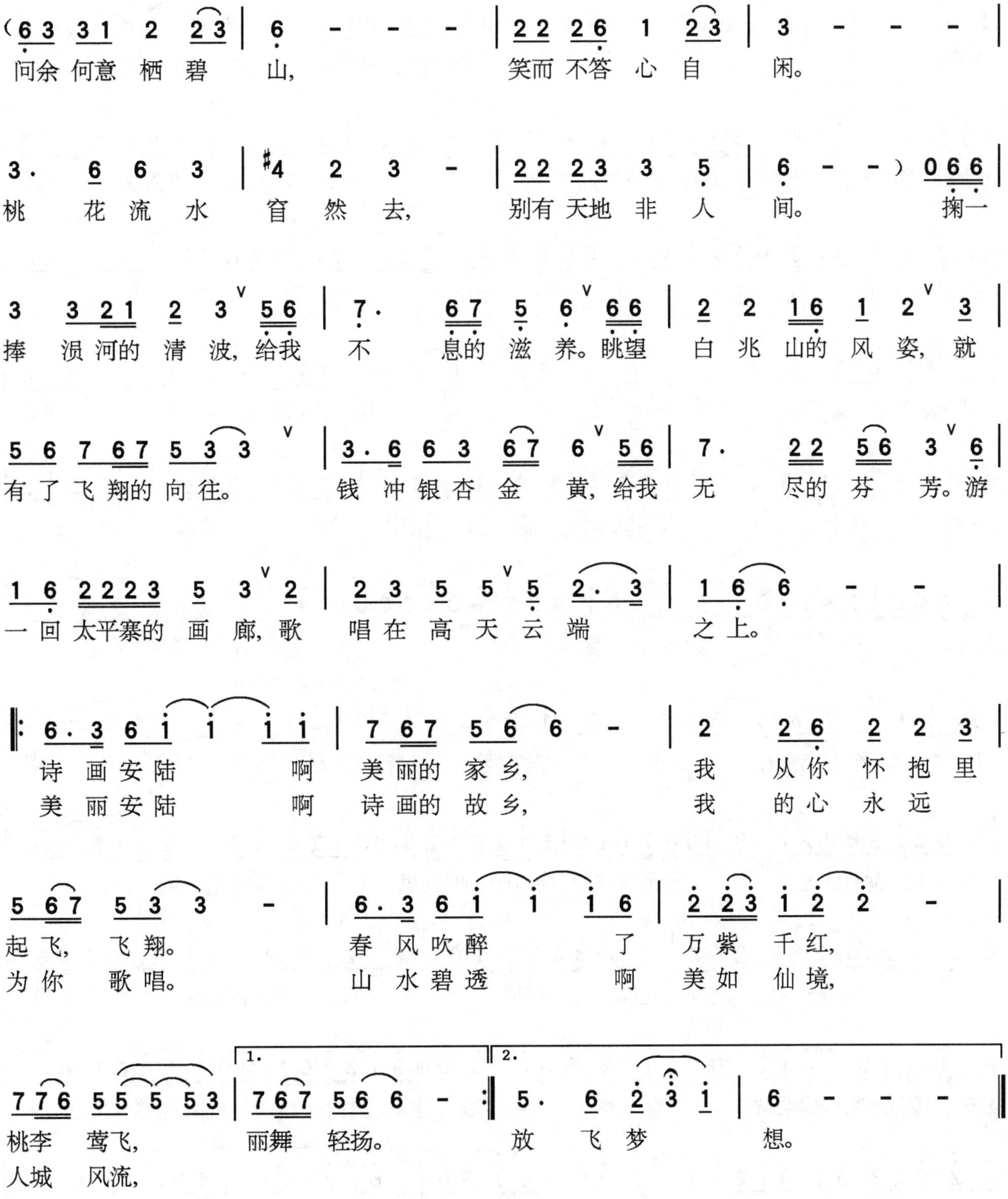

问余何意栖碧山，笑而不答心自闲。
桃花流水窅然去，别有天地非人间。

掬一捧涢河的清波，给我不息的滋养。眺望白兆山的风姿，就有了飞翔的向往。钱冲银杏金黄，给我无尽的芬芳。游一回太平寨的画廊，歌唱在高天云端之上。

诗画安陆啊美丽的家乡，我从你怀抱里起飞，飞翔。春风吹醉了万紫千红，桃李莺飞，丽舞轻扬。

美丽安陆啊诗画的故乡，我的心永远为你歌唱。山水碧透啊美如仙境，人城风流，放飞梦想。

魅力安陆

1=C $\frac{4}{4}$

♩=70

万传武　刘　梅 词

刘　梅 曲

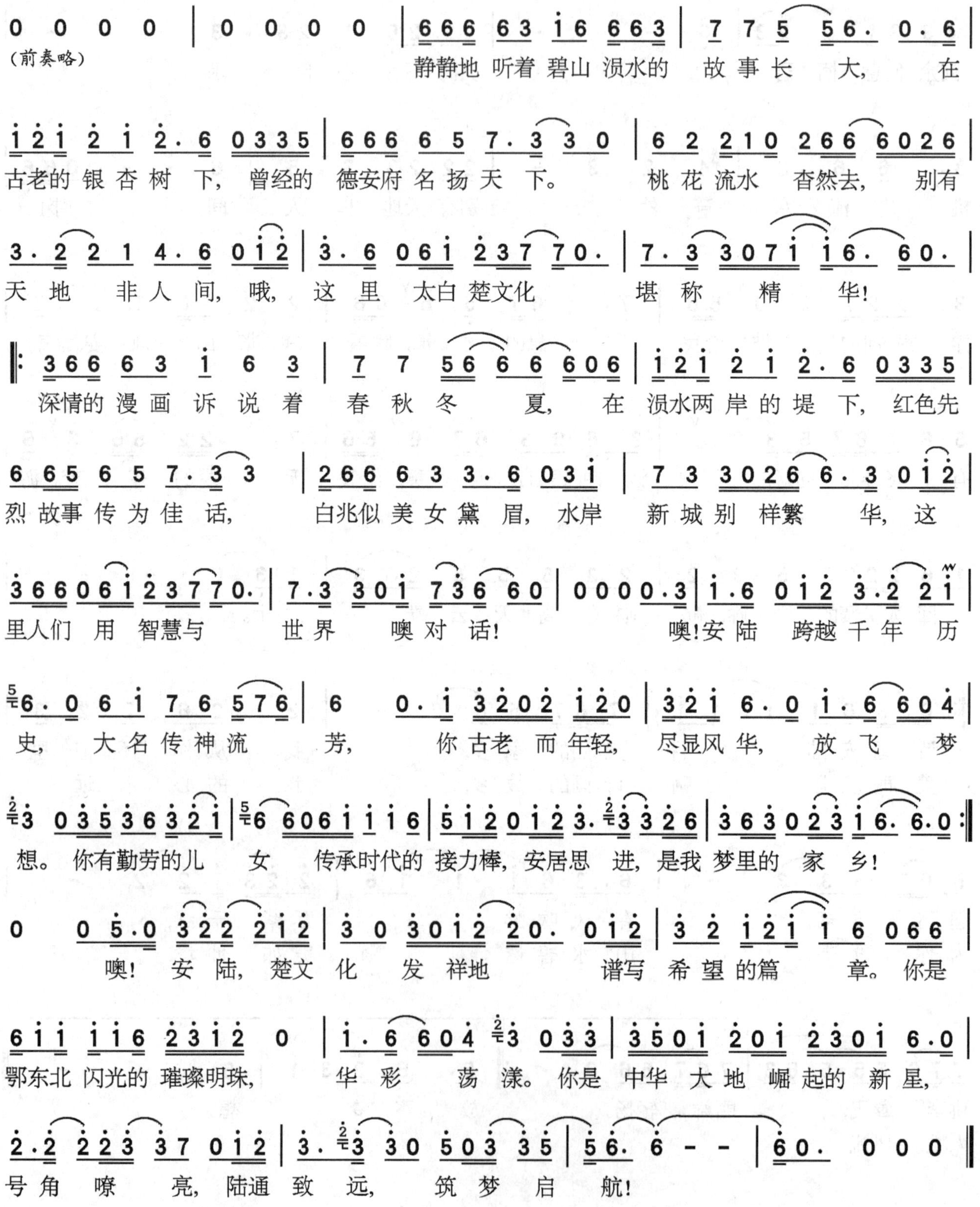

（前奏略）

静静地 听着 碧山 涢水的 故事长 大，在

古老的 银杏 树 下，曾经的 德安府 名 扬 天 下。桃花 流水 杳然去，别有

天地 非人 间，哦，这里 太白 楚文化 堪 称 精 华！

深情的 漫 画 诉 说 着 春 秋 冬 夏，在 涢水两 岸 的 堤 下，红色先

烈 故事 传 为 佳 话，白兆似 美 女 黛 眉，水岸 新 城 别 样繁 华，这

里人们 用 智慧与 世 界 噢 对 话！噢！安 陆 跨越 千 年 历

史，大 名 传 神 流 芳，你 古老 而 年轻，尽显风 华，放 飞 梦

想。你有勤劳的儿 女 传承时代的 接力棒，安居思 进，是我 梦里的 家 乡！

噢！安 陆，楚文 化 发 祥地 谱写 希 望 的篇 章。你是

鄂东北 闪光的 璀璨明珠，华 彩 荡 漾。你是 中华 大 地 崛 起的 新 星，

号 角 嘹 亮，陆通 致 远，筑 梦 启 航！

南城故事

1=C $\frac{4}{4}$

稍慢

（箫）

王国平 词
王国平 曲

（女）风起了，天凉了，石桥

河水枯落了，南乡萝卜花谢了。（男）月缺

了，人远了，冷水港柳叶黄了，谁家

人儿心伤了？（女）崖青了，天蓝了，石桥

河水清亮了，南乡萝卜香甜了。（男）月明

了，梦圆了，毓秀阁燕飞回了，久别

人儿归乡了！（伴）呜 呜 呜

呜 夜美

了，歌起了，五里长亭灯红了，青石

夜美了，歌起了，灯红了，

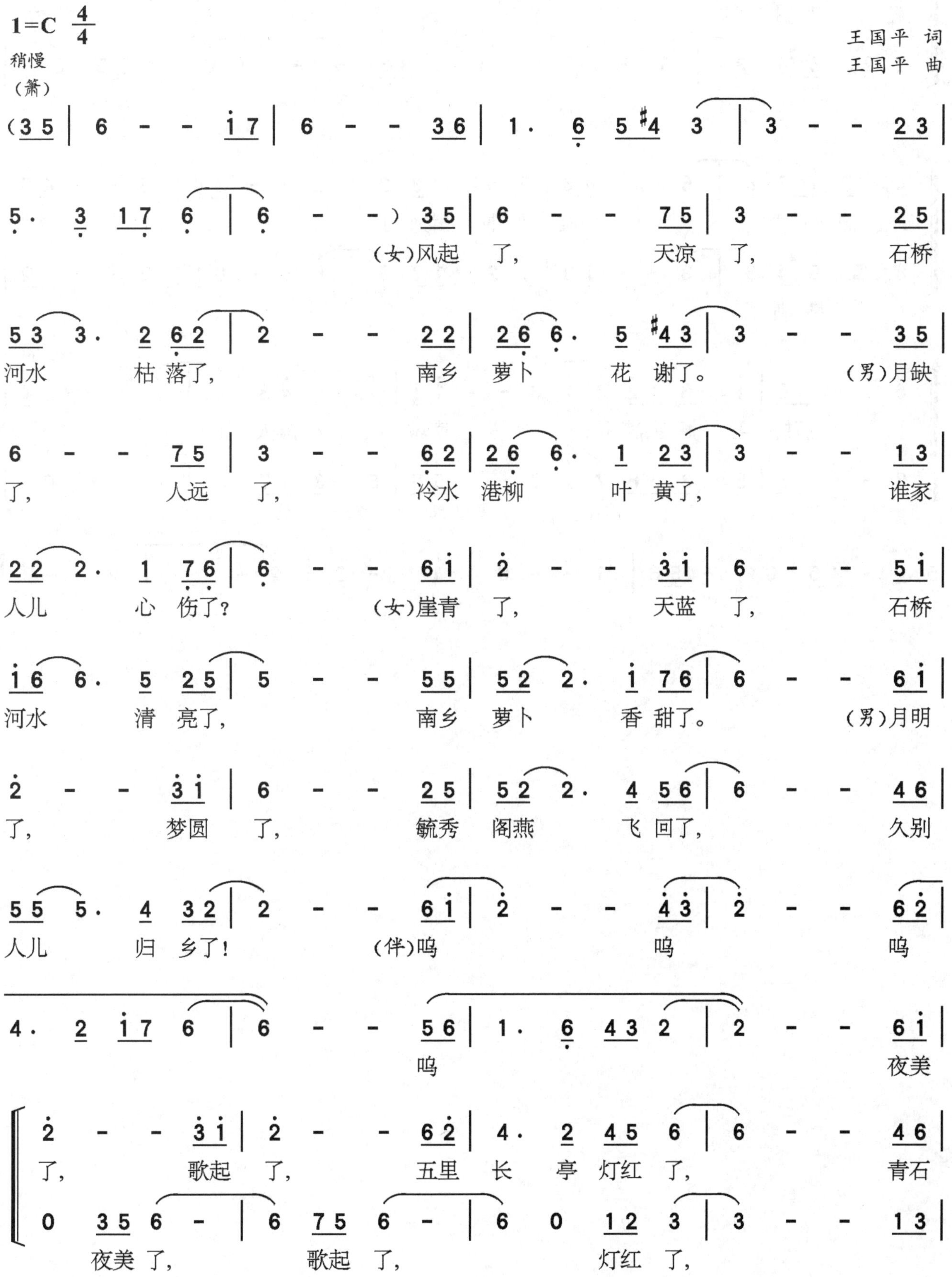

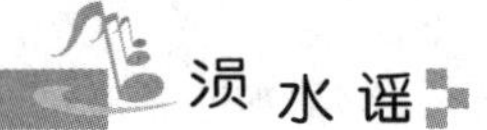

5 5. 1 7 6 | 6 - - 6 1 | 2 - - 3 1 | 2 - - 6 2 |
流泉 映月 了。 冬去 了， 春来 了， 石桥
2 2. 5 #4 3 | 3 - - 0 | 0 3 5 6 - | 6 - 7 5 6 |
冬去 了， 春来 了，

4. 5 1 7 6 | 6 - - 4 6 | 5 5. 4 3 2 | 2 - - 2 4 | 5 - - 4 5 |
美 酒斟满了， 南城 故 事 醉人 了！ 冬去 了， 春来
6 0 5 #4 3 | 3 - - 1 3 | 2 2. 1 7 6 | 6 - - 6 1 | 2 - - 1 2 |
斟满了，

（箫）
6 - - 5 6 | 1. 6 1 2 3 | 3 - - 1 1 | 1. 6 4 3 2 | 2 - - （2 4 |
了， 石桥 美 酒斟满了， 南城 故 事醉人 了！
3 - - 2 3 | 5. 3 5 6 7 | 7 - - 5 5 | 5. 3 1 7 6 | 6 - - 0 |

5 - - 4 5 | 6 - - 5 6 | 1 - - 6 | 4 - - 3 | 2 - - - | 2 - - ）‖

君不知

1=F $\frac{2}{4}$

万传武 词
沈建华 曲

举一杯浊酒，

叹浮生若梦，年华未老，光阴负秋冬。只

那一眼，坠漩涡之中，信手掸落沧桑，寂寞如钟。

借一盏灯火抵旧城寒风，相守一

季，红颜为谁容？弱水三千，良辰一场空，

花已落，情未了，痴心谁懂？{君不知，
君不知，

相思如梦，千年之我
红尘如梦，心系山河

离别孤独浸花容。君不知，
余生渺渺挽清风。君不知，

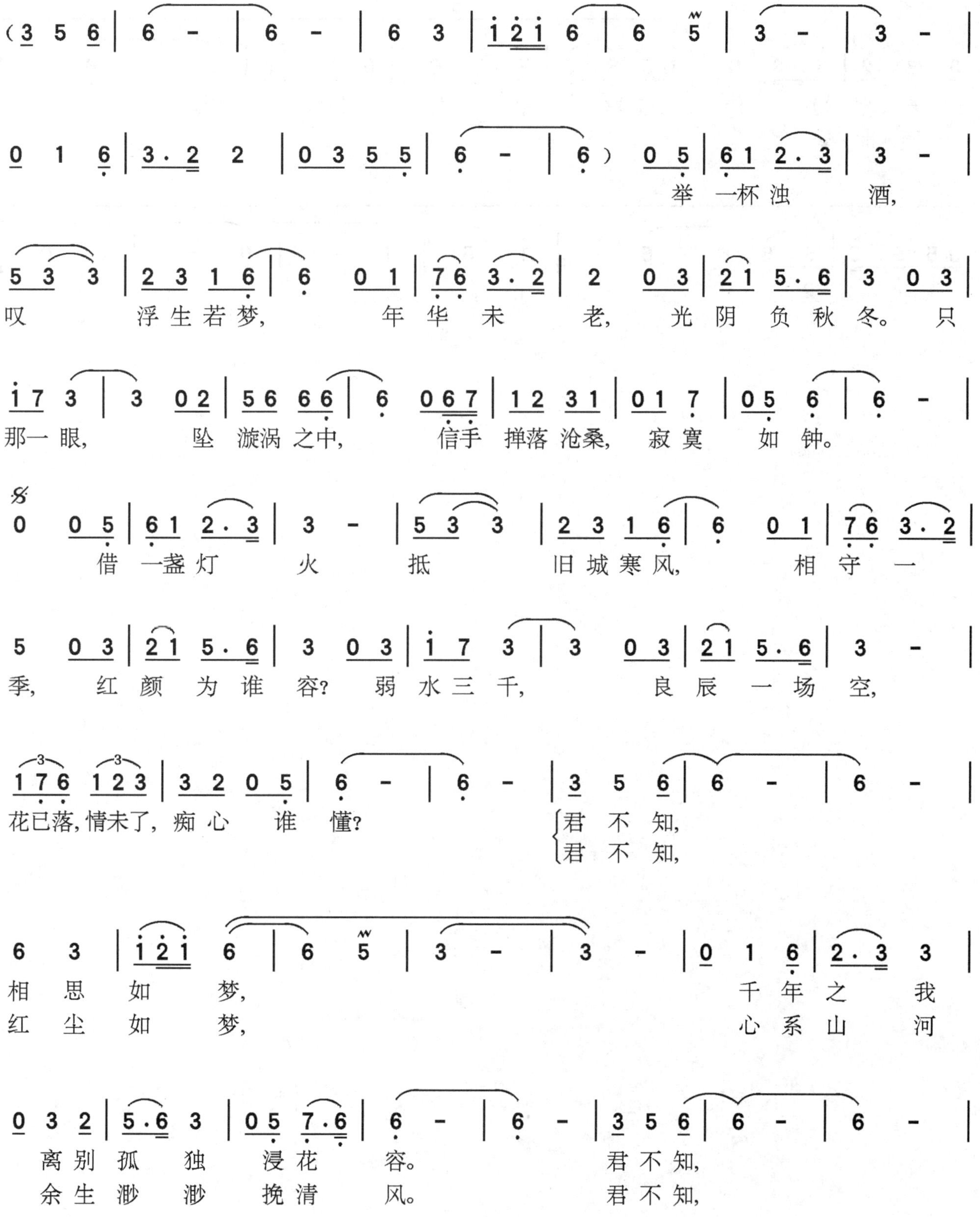

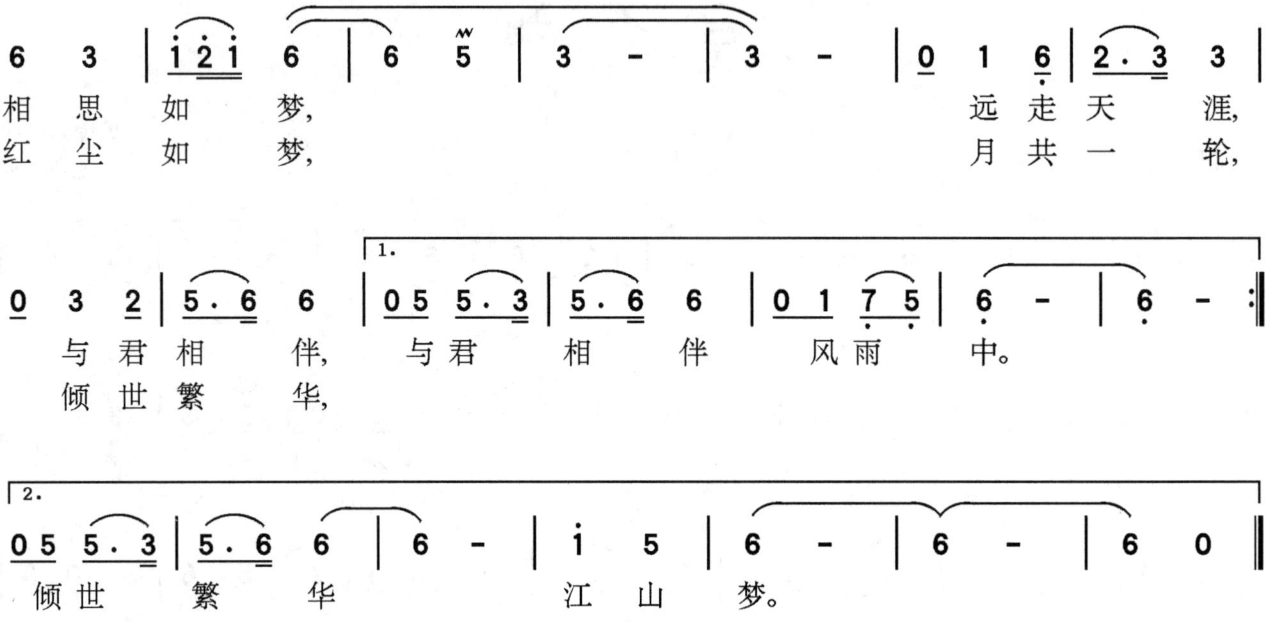

6 3 | 121 6 | 6 5 | 3 - | 3 - | 0 1 6 | 2.3 3 |

相思如梦，远走天涯，

红尘如梦，月共一轮，

0 3 2 | 5.6 6 |1. 05 5.3 | 5.6 6 | 0 1 7 5 | 6 - | 6 - :‖

与君相伴，与君相伴风雨中。

倾世繁华，

|2. 05 5.3 | 5.6 6 | 6 - | 1 5 | 6 - | 6 - | 6 0 ‖

倾世繁华江山梦。

梦中的妈妈

1=E $\frac{4}{4}$ $\frac{2}{4}$

♩=70

刘　梅 词
刘　梅 曲

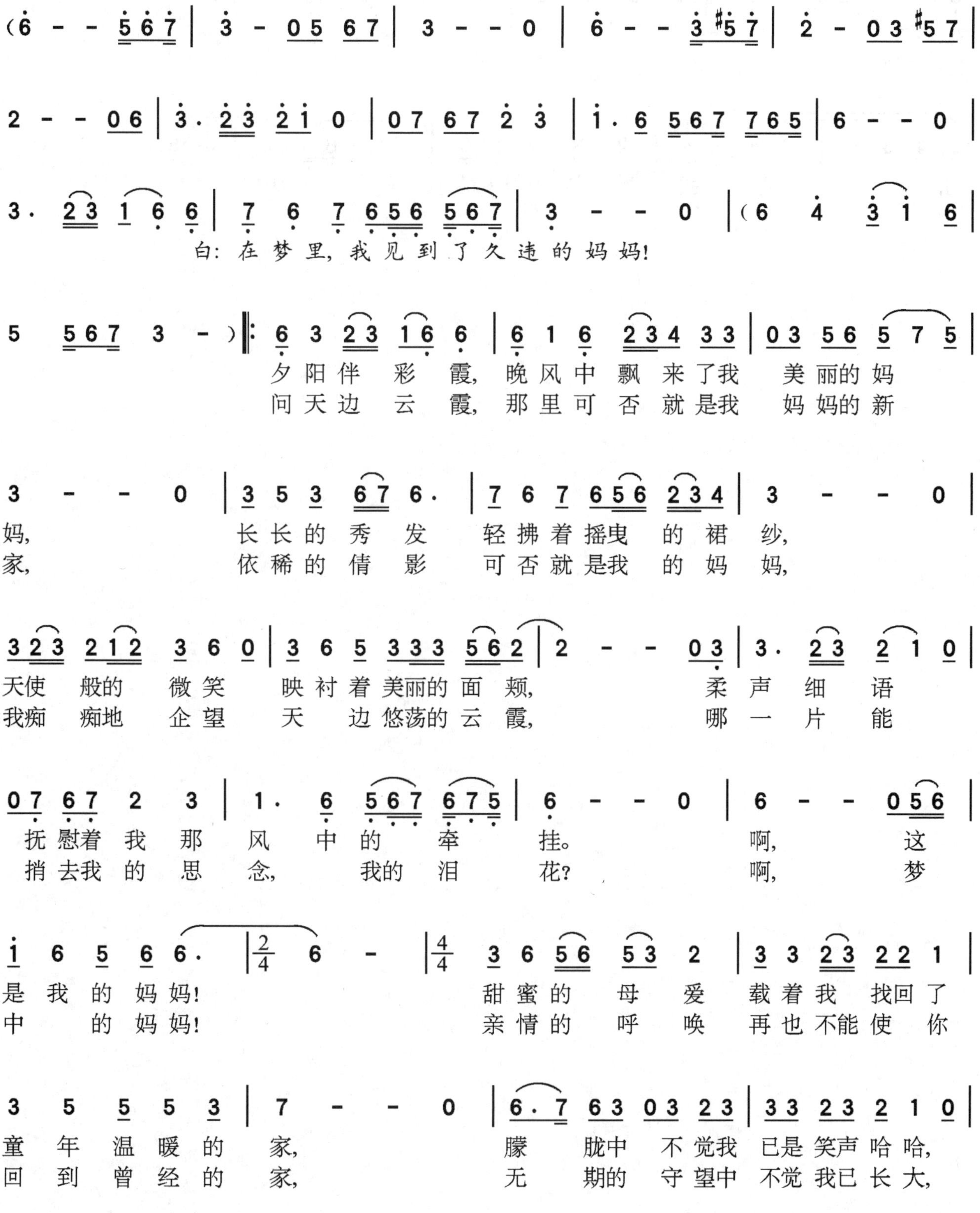

白：在梦里，我见到了久违的妈妈！

夕阳伴彩霞，晚风中飘来了我美丽的妈妈，长长的秀发轻拂着摇曳的裙纱，天使般的微笑映衬着美丽的面颊，柔声细语抚慰着我那风中的牵挂。啊，这是我的妈妈！

问天边云霞，那里可否就是我妈妈的新家，依稀的倩影可否就是我的妈妈，我痴痴地企望天边悠荡的云霞，哪一片能捎去我的思念，我的泪花？啊，梦中的妈妈！

甜蜜的母爱载着我找回了童年温暖的家，朦胧中不觉我已是笑声哈哈，

亲情的呼唤再也不能使你回到曾经的家，无期的守望中不觉我已长大，

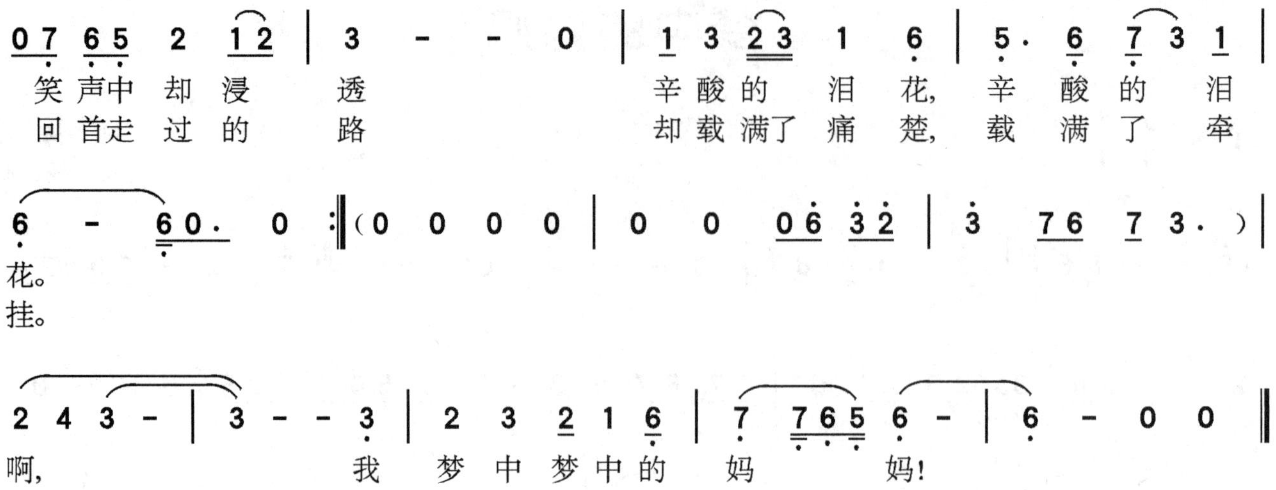

0 7 6 5 2 1 2 | 3 - - 0 | 1 3 2 3 1 6 | 5· 6 7 3 1 |
笑声中 却 浸 透 辛酸的 泪 花，辛 酸 的 泪
回首走 过 的 路 却载满了 痛 楚，载 满 了 牵

6 - 6 0· 0 :‖(0 0 0 0 | 0 0 0 6 3 2 | 3 7 6 7 3·) |
花。
挂。

2 4 3 - | 3 - - 3 | 2 3 2 1 6 | 7 7 6 5 6 - | 6 - 0 0 ‖
啊， 我 梦 中 梦 中 的 妈 妈！

人生如风雨

1=G $\frac{4}{4}$

中速 稍慢

万传武 词

沈建华 曲

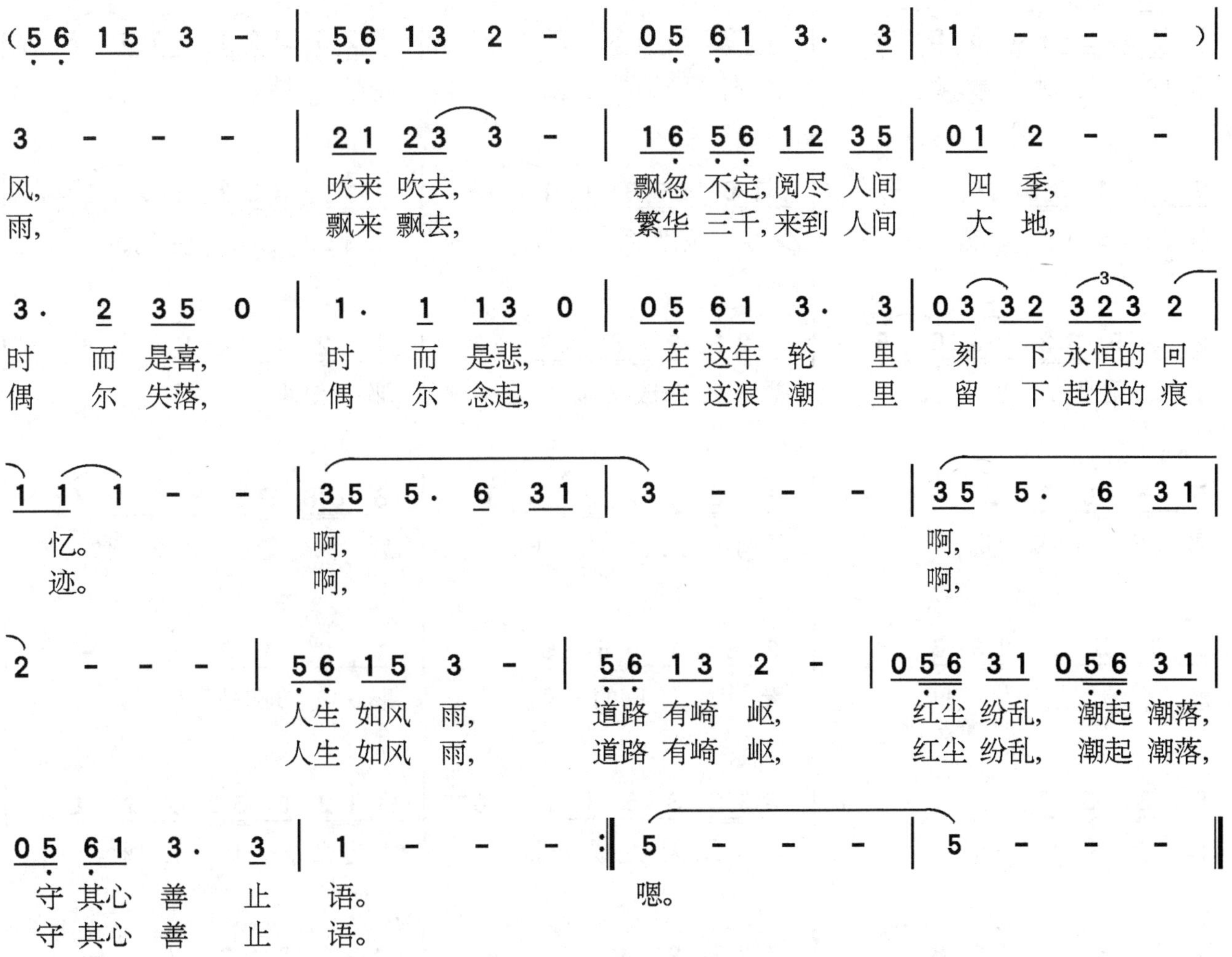

（56 15 3 - | 56 13 2 - | 05 61 3· 3 | 1 - - - ）|

3 - - - | 21 23 3 - | 16 56 12 35 | 01 2 - - |

风, 吹来 吹去, 飘忽 不定, 阅尽 人间 四 季,

雨, 飘来 飘去, 繁华 三千, 来到 人间 大 地,

3· 2 35 0 | 1· 1 13 0 | 05 61 3· 3 | 03 32 323 2 |

时 而 是喜, 时 而 是悲, 在 这年 轮 里 刻 下 永恒的 回

偶 尔 失落, 偶 尔 念起, 在 这浪 潮 里 留 下 起伏的 痕

11 1 - - | 35 5· 6 31 | 3 - - - | 35 5· 6 31 |

忆。 啊, 啊,

迹。 啊, 啊,

2 - - - | 56 15 3 - | 56 13 2 - | 056 31 056 31 |

人生 如风 雨, 道路 有崎 岖, 红尘 纷乱, 潮起 潮落,

人生 如风 雨, 道路 有崎 岖, 红尘 纷乱, 潮起 潮落,

05 61 3· 3 | 1 - - - :‖ 5 - - - | 5 - - - ‖

守 其心 善 止 语。 嗯。

守 其心 善 止 语。

爱在天上人间的家

1=♭A 4/4

中速 甜美、深情地 民歌风

曹成海 刘学明 词
曹成海 王国平 曲

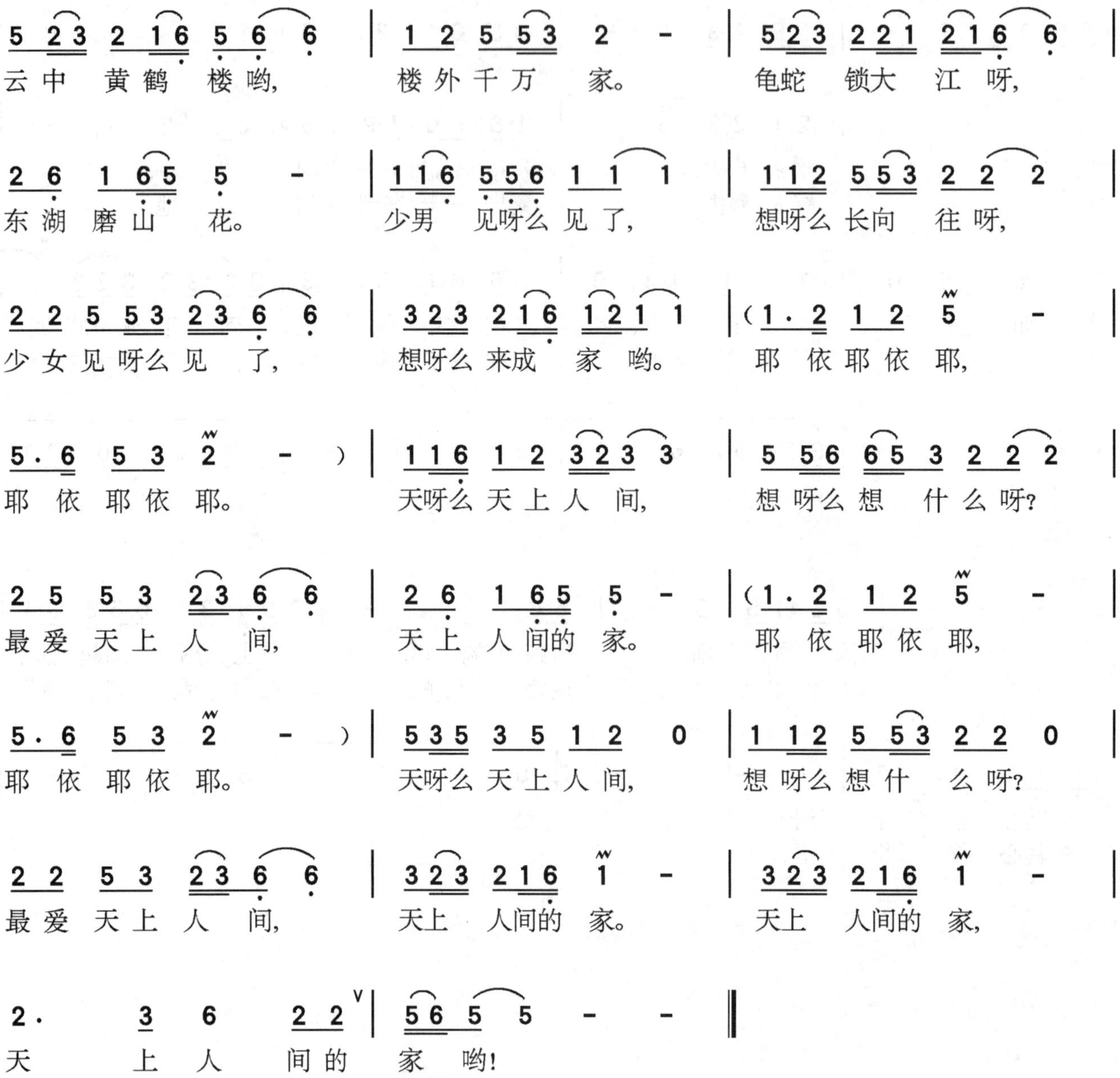

5 23 2 16 5 6 6 | 1 2 5 53 2 - | 523 221 216 6 |
云中 黄鹤 楼哟, 楼外千万 家。 龟蛇 锁大 江 呀,

2 6 1 65 5 - | 116 556 1 1 1 | 112 553 2 2 2 |
东湖 磨山 花。 少男 见呀么 见 了, 想呀么 长向 往 呀,

2 2 5 53 23 6 6 | 323 216 121 1 | (1·2 1 2 5 - |
少女见呀么见 了, 想呀么 来成 家 哟。 耶 依耶依 耶,

5·6 5 3 2 -) | 116 1 2 323 3 | 5 56 65 3 2 2 2 |
耶 依 耶依 耶。 天呀么天上人 间, 想 呀么想 什么呀?

2 5 5 3 23 6 6 | 2 6 1 65 5 - | (1·2 1 2 5 - |
最爱 天上 人 间, 天上 人间的 家。 耶 依 耶依 耶,

5·6 5 3 2 -) | 535 3 5 1 2 0 | 1 12 5 53 2 2 0 |
耶 依 耶依 耶。 天呀么天上人间, 想 呀么想什 么呀?

2 2 5 3 23 6 6 | 323 216 1 - | 323 216 1 - |
最爱 天上 人 间, 天上 人间的 家。 天上 人间的 家,

2· 3 6 2 2 | 56 5 5 - - ‖
天 上 人 间的 家 哟!

久违乡愁

1=♭E 4/4

万传武 词
何 丽 曲

家乡的那条小路，是刻在记忆里的心路，路边的小草葱绿，总让人感受它的情愫。
家乡的这条小路，是守护生命中的情路，路边的小花绽放，总让人感受它的温柔。

道不出那句问候，只为你画山水景秀，画上这一棵小树，画上着一条小路，让那风干的叶脉上，写满乡愁。写不尽那份情愁，只为你摇一叶轻舟，载上那我的情怀，载上那我的故土，让久违的彼岸花写满乡愁。

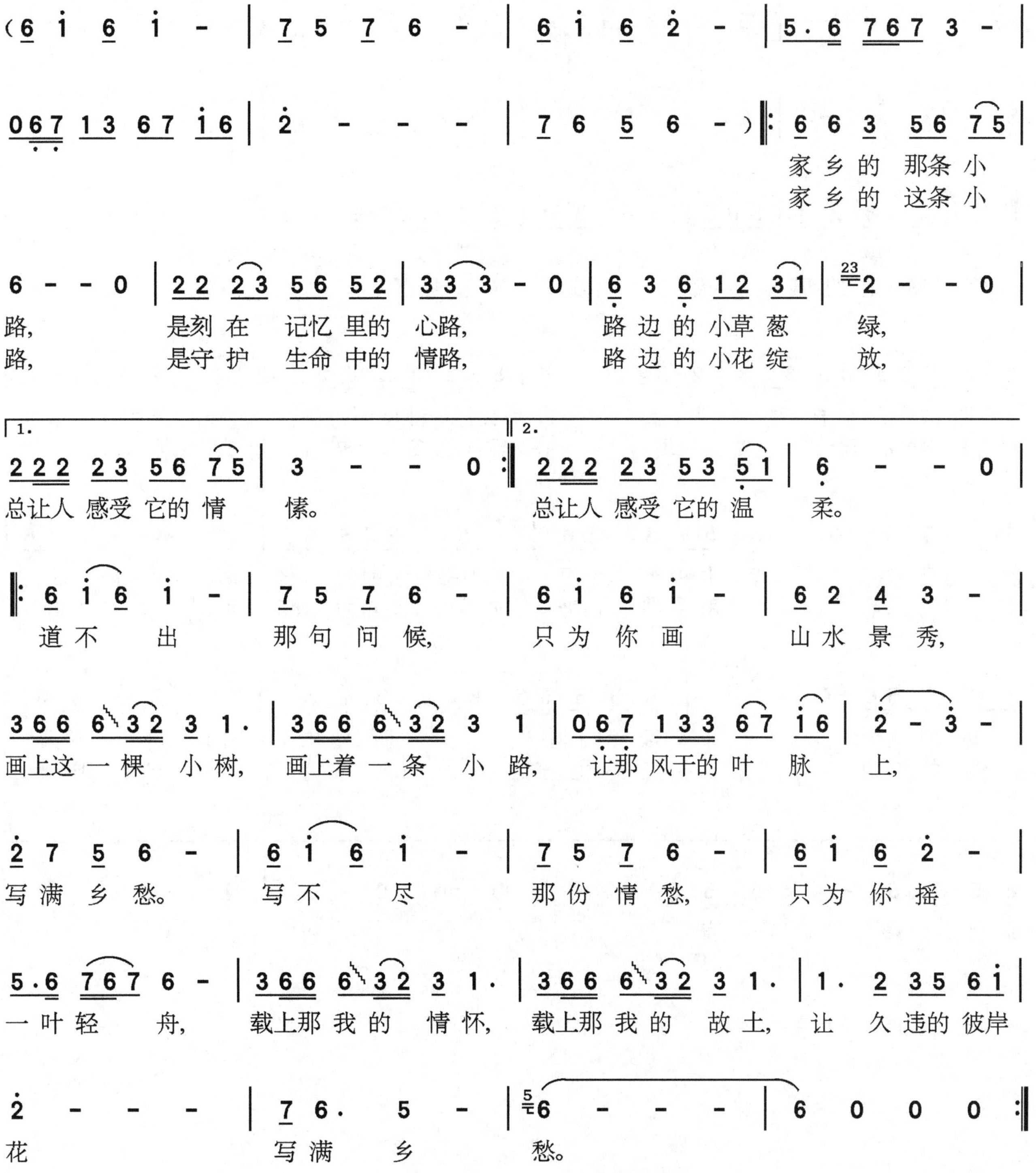

乡影

1=♭B $\frac{4}{4}$

万传武 词
王 锋 曲

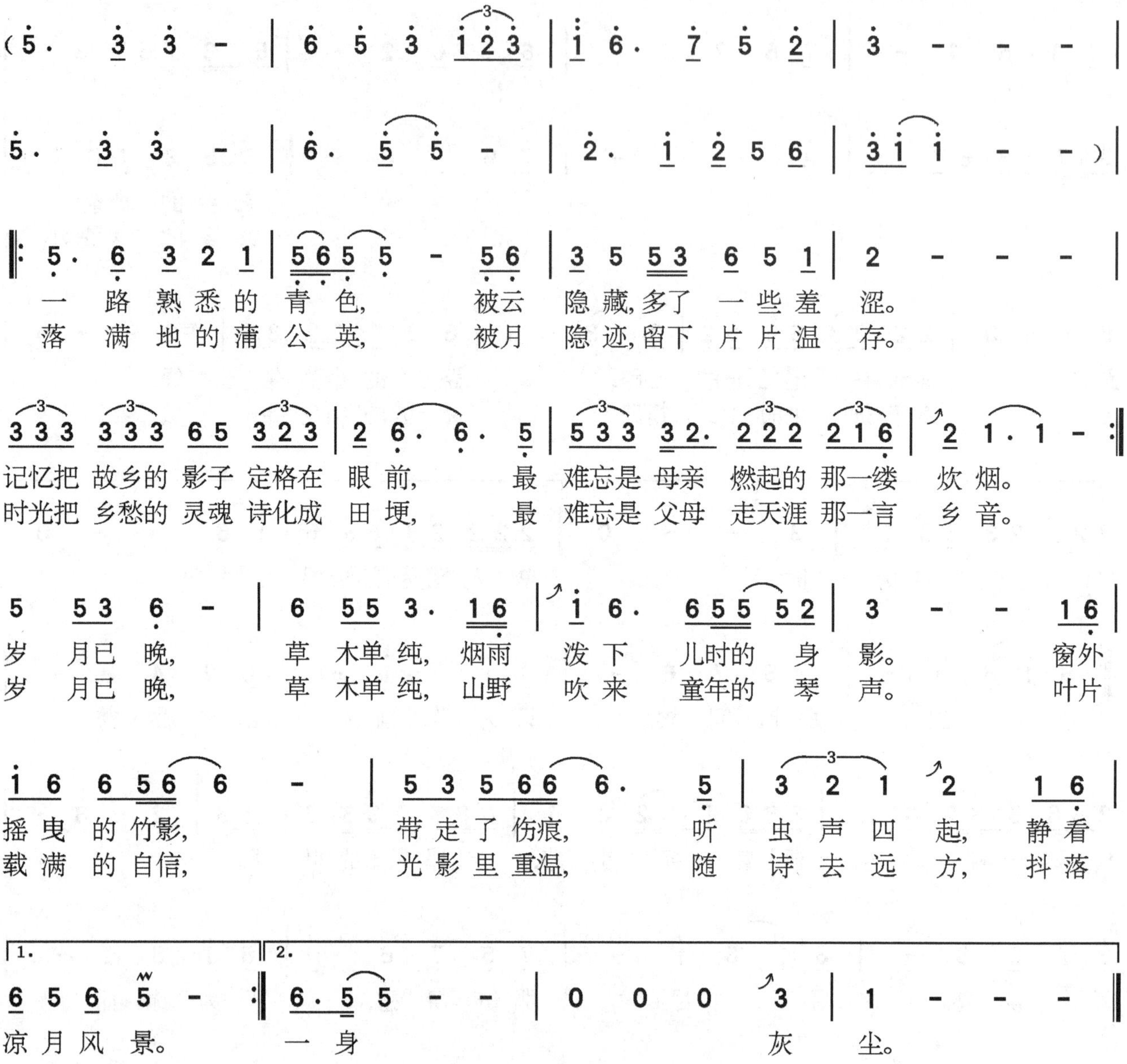

(5. 3 3 - | 6 5 3 1 2 3 | 1 6. 7 5 2 | 3 - - - |

5. 3 3 - | 6. 5 5 - | 2. 1 2 5 6 | 3 1 1 - -) |

|: 5. 6 3 2 1 | 5 6 5 5 - 5 6 | 3 5 5 3 6 5 1 | 2 - - - |

一 路 熟 悉 的 青 色， 被云 隐 藏，多了 一 些 羞 涩。
落 满 地 的 蒲 公 英， 被月 隐 迹，留下 片 片 温 存。

3 3 3 3 3 3 6 5 3 2 3 | 2 6. 6. 5 | 5 3 3 3 2. 2 2 2 2 1 6 | 2 1. 1 - :|

记忆把 故乡的 影子 定格在 眼 前， 最 难忘是 母亲 燃起的 那一缕 炊 烟。
时光把 乡愁的 灵魂 诗化成 田 埂， 最 难忘是 父母 走天涯 那一言 乡 音。

5 5 3 6 - | 6 5 5 3. 1 6 | 1 6. 6 5 5 5 2 | 3 - - 1 6 |

岁 月已 晚， 草 木单 纯， 烟雨 泼 下 儿时的 身 影。 窗外
岁 月已 晚， 草 木单 纯， 山野 吹 来 童年的 琴 声。 叶片

1 6 6 5 6 6 - | 5 3 5 6 6 6. 5 | 3 2 1 2 1 6 |

摇 曳 的 竹影， 带 走 了 伤痕， 听 虫 声 四 起， 静 看
载 满 的 自信， 光 影 里 重温， 随 诗 去 远 方， 抖 落

1. 6 5 6 5 - :|| 2. 6. 5 5 - - | 0 0 0 3 | 1 - - - ||

凉 月 风 景。 一 身 灰 尘。

梦里梦外乡思味

1=♭E 4/4 2/4

深情、思念地

王国平 词
王国平 曲

哪里的山是诗情的山？哪里的水是画意的水？哪里的树是水墨的树？哪里的人儿是别样的美？

故乡的山，千年诗仙隐碧山。故乡的水，一词红杏染涢水。故乡的树，十里钱冲银杏树。故乡的人儿，今朝风流分外美。

水连山，山连水，山山水水望谁归？西风舞，黄叶醉，醉里长歌曲曲乡思味。故乡的

你是山，我是水，高山流水彩云追？床前月，梦几回，梦里梦外满满乡思味。你是

D.S. 结束句：乡思味。

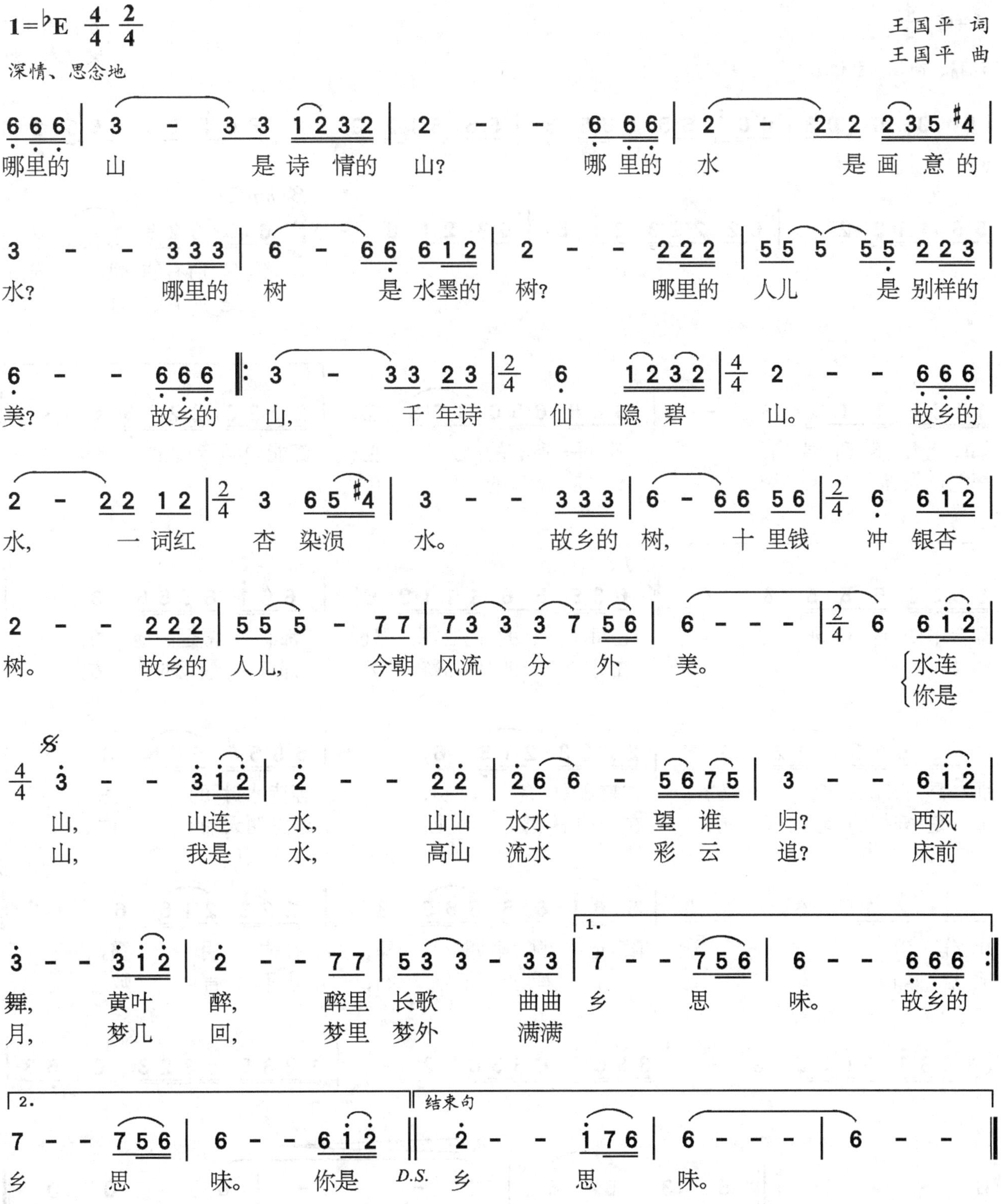

释　然

1=C $\frac{4}{4}$

深情、向往、自信地

万传武 词

梁光榜 曲

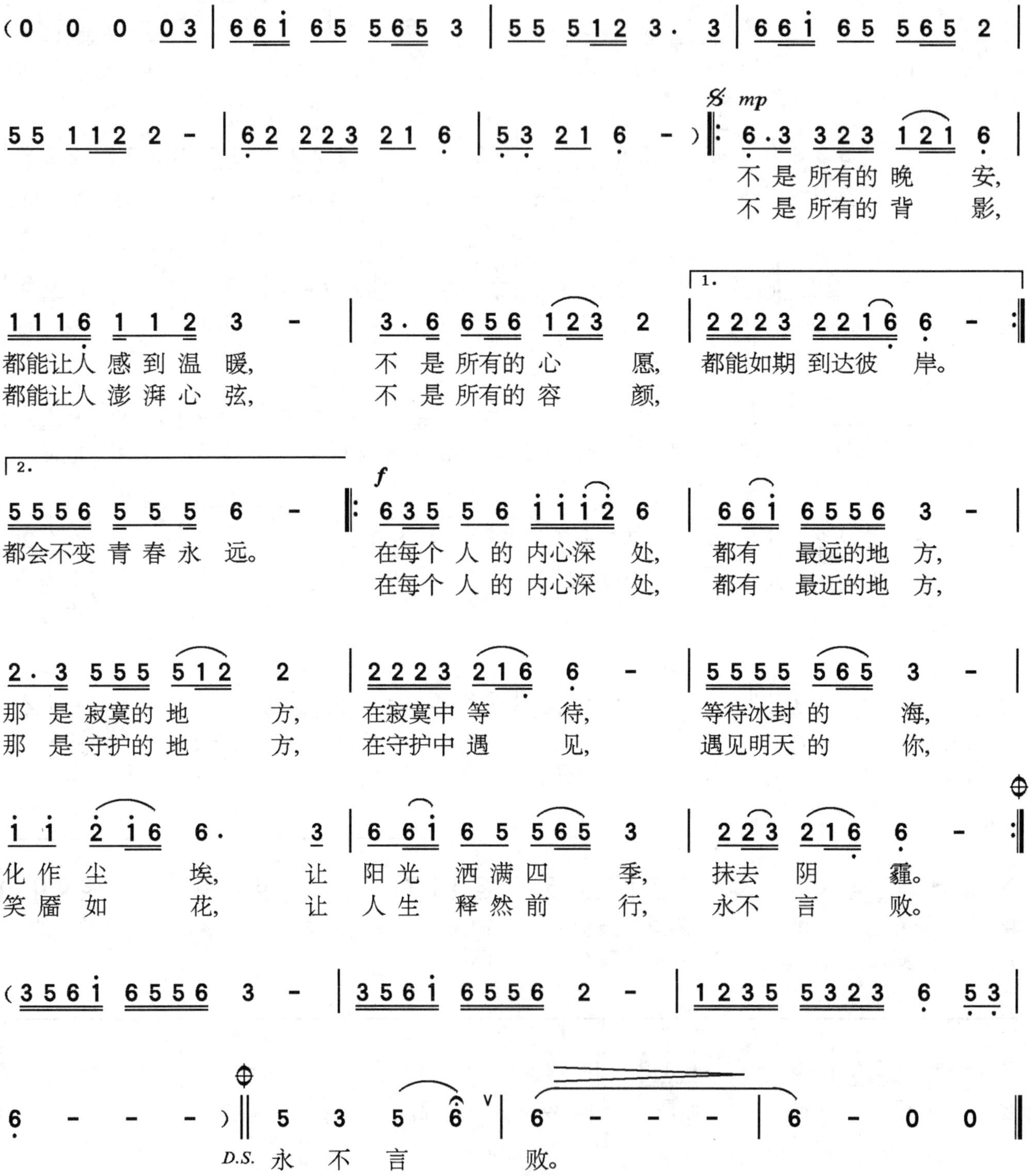

(0 0 0 03 | 661 65 565 3 | 55 512 3· 3 | 661 65 565 2 |

55 112 2 - | 62 223 21 6 | 53 21 6 -) |: 6·3 323 121 6 |

不 是 所有的 晚 安，

不 是 所有的 背 影，

1116 1 1 2 3 - | 3·6 656 123 2 | [1.] 2223 2216 6 - :|

都能让人 感 到 温 暖， 不 是 所有的 心 愿， 都能如期 到达彼 岸。

都能让人 澎 湃 心 弦， 不 是 所有的 容 颜，

[2.] 5556 5 5 5 6 - |: 635 5 6 1112 6 | 661 6556 3 - |

都会不变 青 春 永 远。 在每个 人 的 内心深 处， 都有 最远的地 方，

在每个 人 的 内心深 处， 都有 最近的地 方，

2·3 555 512 2 | 2223 216 6 - | 5555 565 3 - |

那 是 寂寞的 地 方， 在寂寞中 等 待， 等待冰封 的 海，

那 是 守护的 地 方， 在守护中 遇 见， 遇见明天 的 你，

1 1 2 16 6· 3 | 6 61 6 5 565 3 | 223 216 6 - :|

化 作 尘 埃， 让 阳 光 洒 满 四 季， 抹去 阴 霾。

笑 靥 如 花， 让 人 生 释 然 前 行， 永不 言 败。

(3561 6556 3 - | 3561 6556 2 - | 1235 5323 6 53 |

6 - - -) || 5 3 5 6 | 6 - - - | 6 - 0 0 ||

D.S. 永 不 言 败。

阳光女人

1=A 4/4

♩=116

刘 梅 词
刘 梅 曲

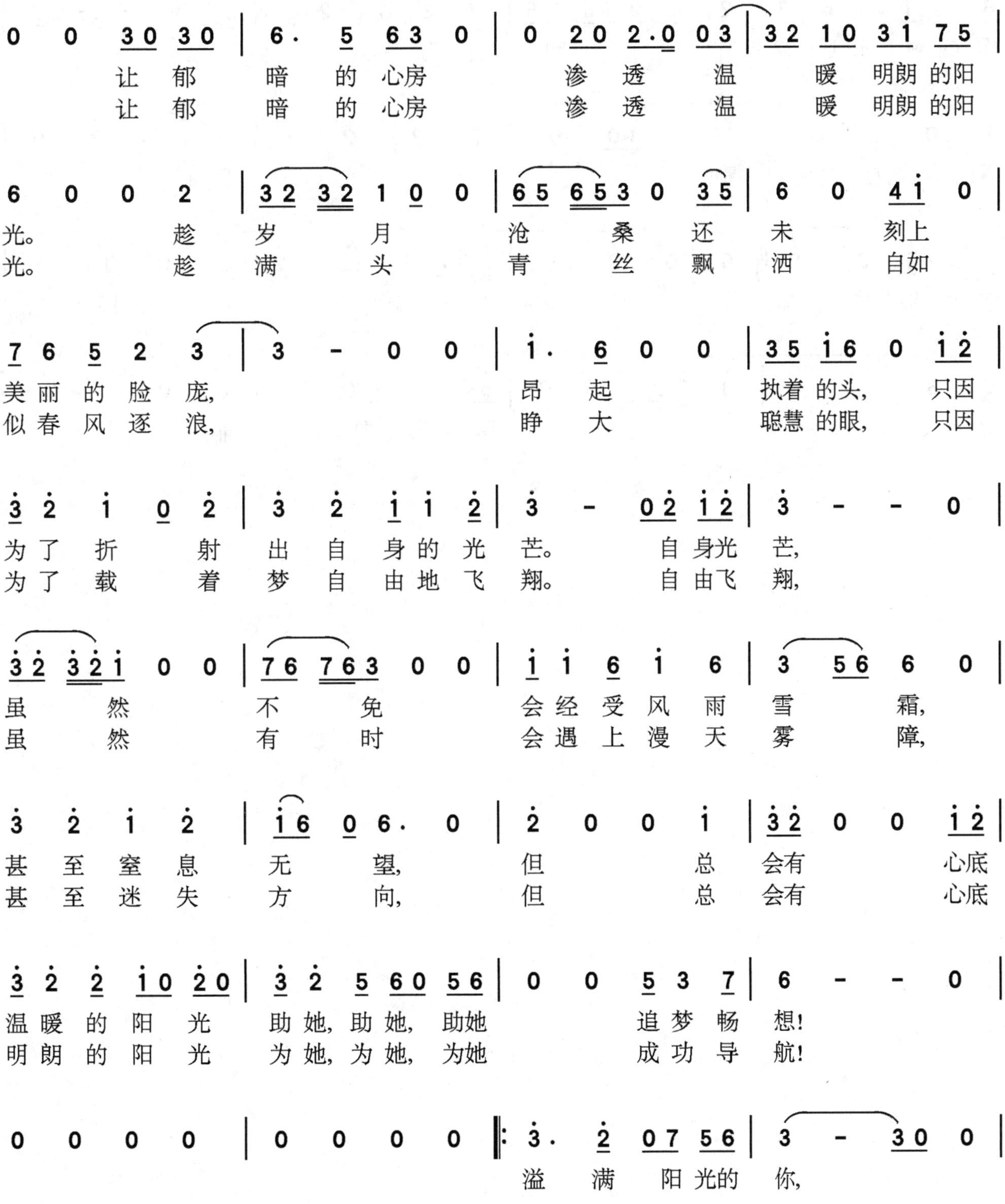

让郁暗的心房 渗透温暖明朗的阳光。趁岁月沧桑还未刻上美丽的脸庞，昂起执着的头，只因为了折射出自身的光芒。自身光芒，虽然不免会经受风雨雪霜，甚至窒息无望，但总会有心底温暖的阳光助她，助她，助她追梦畅想！

让郁暗的心房 渗透温暖明朗的阳光。趁满头青丝飘洒自如似春风逐浪，睁大聪慧的眼，只因为了载着梦自由地飞翔。自由飞翔，虽然有时会遇上漫天雾障，甚至迷失方向，但总会有心底明朗的阳光为她，为她，为她成功导航！

溢满阳光的你，

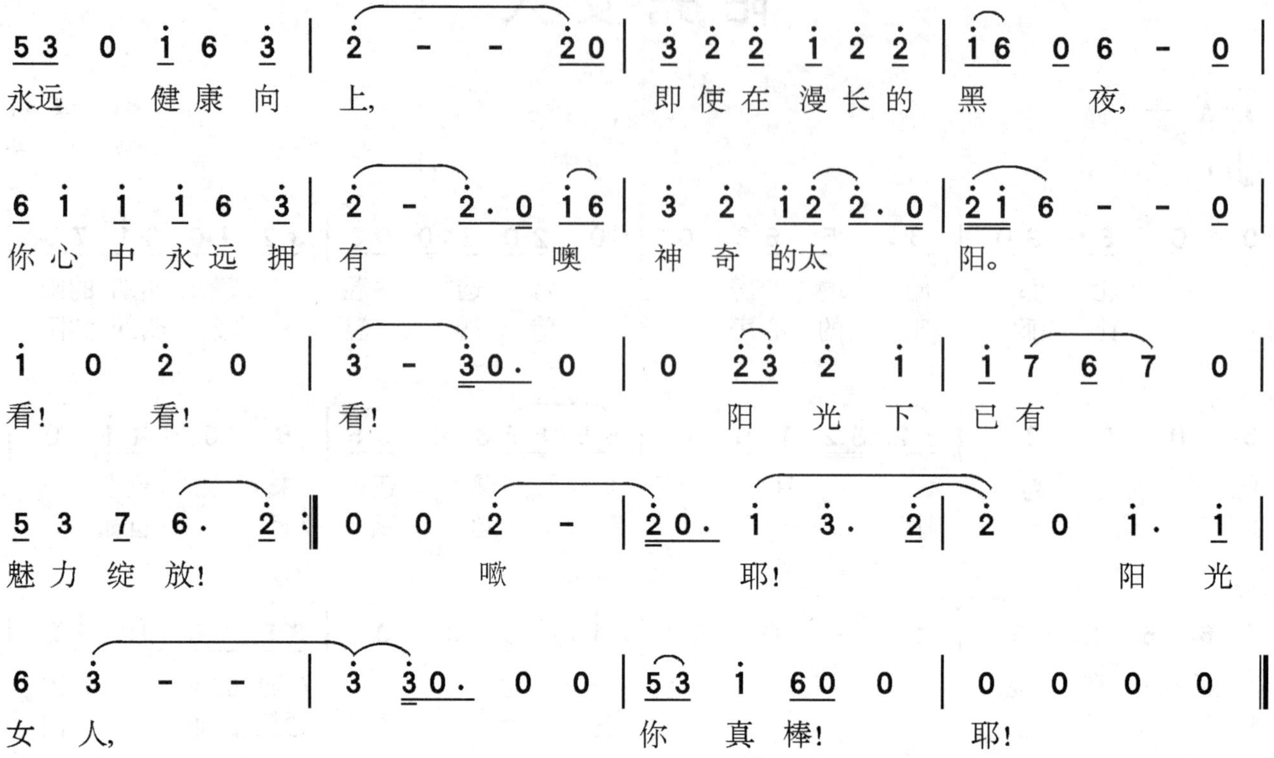

永远 健康 向 上, 即使 在 漫 长 的 黑 夜,

你 心 中 永 远 拥 有 噢 神 奇 的太 阳。

看! 看! 看! 阳 光 下 已 有

魅 力 绽 放! 嗽 耶! 阳 光

女 人, 你 真 棒! 耶!

红色爱恋

1=F 4/4

♩=80

彭修平 邬大为 词
刘 梅 曲

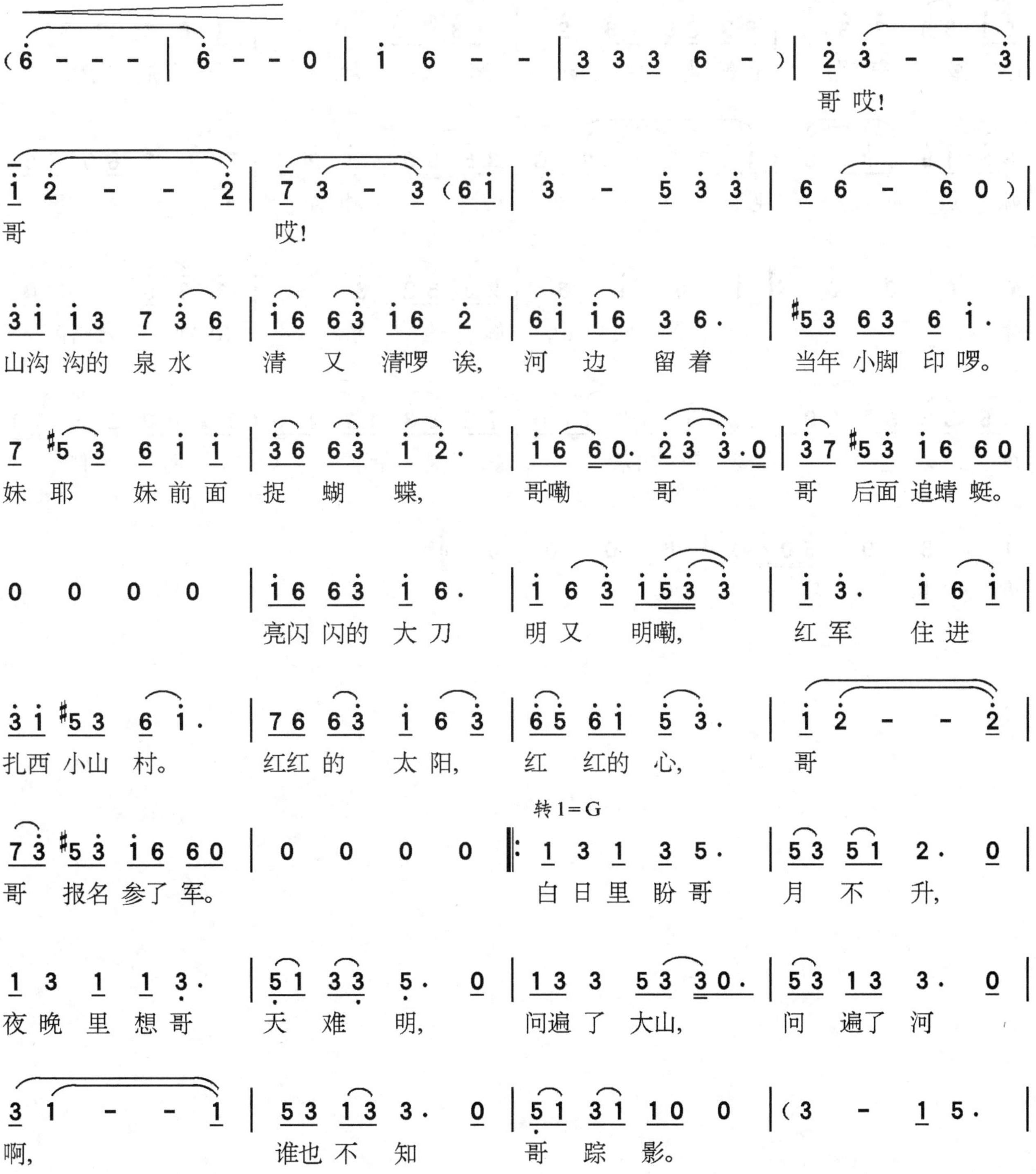

哥 哎!

哥 哎!

山沟 沟的 泉 水 清 又 清啰 诶, 河 边 留 着 当年 小脚 印 啰。

妹 耶 妹 前 面 捉 蝴 蝶, 哥嘞 哥 哥 后面 追蜻 蜓。

亮闪 闪的 大 刀 明 又 明嘞, 红 军 住 进

扎西 小山 村。 红红 的 太 阳, 红 红的 心, 哥

转1=G

哥 报名 参了 军。 白 日 里 盼 哥 月 不 升,

夜 晚 里 想 哥 天 难 明, 问遍 了 大山, 问 遍了 河

啊, 谁也 不 知 哥 踪 影。

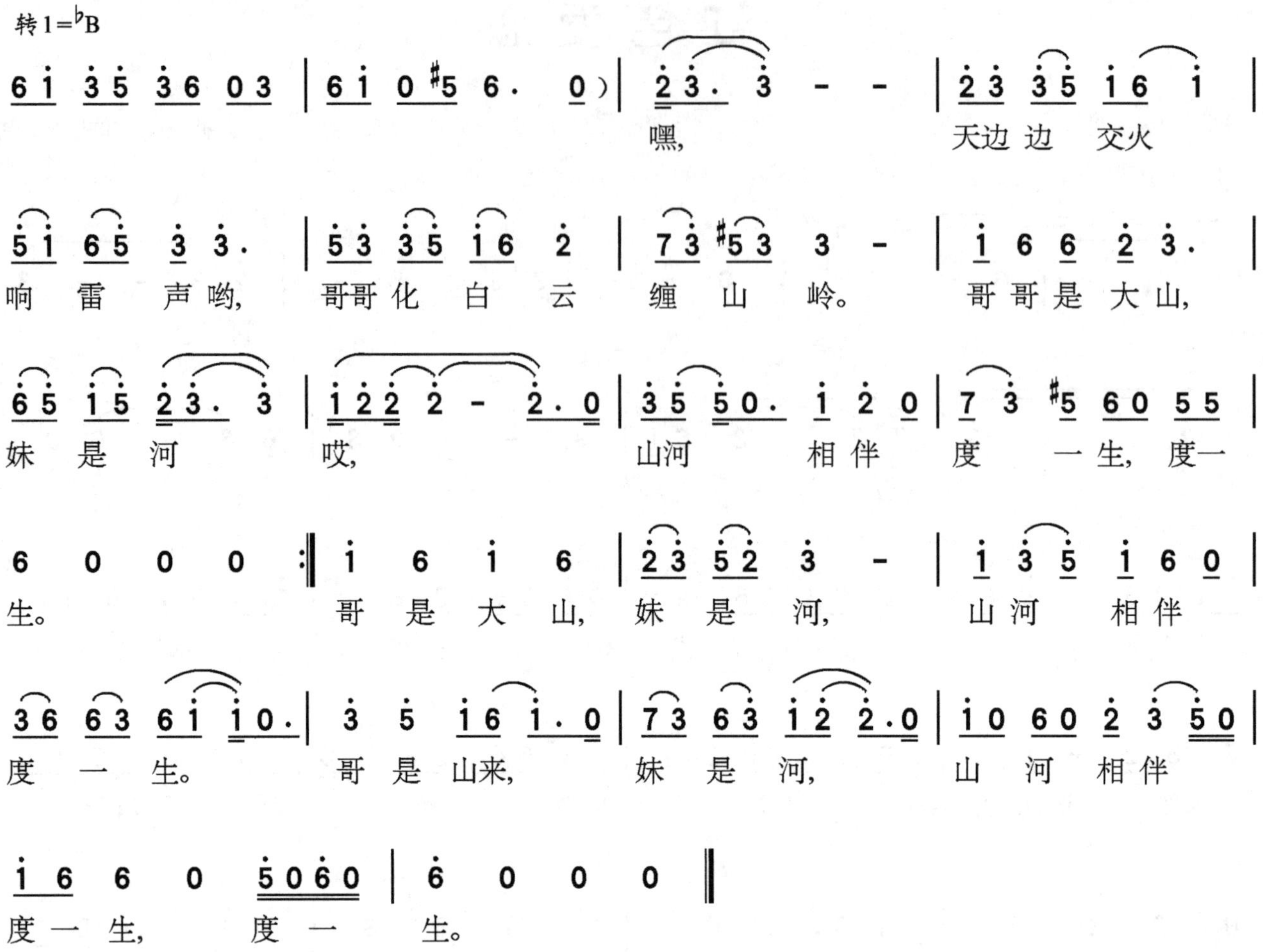

转1=♭B

6 i̇ 3̇5̇ 3̇6 0 3 | 6 i̇ 0 ♯5 6. 0) | 2̇3̇. 3̇ - - | 2̇3̇ 3̇5̇ i̇6 i̇ |

嘿，天边边交火

响雷声哟，哥哥化白云缠山岭。哥哥是大山，

妹是河哎，山河相伴度一生，度一

生。哥是大山，妹是河，山河相伴

度一生。哥是山来，妹是河，山河相伴

度一生，度一生。

素　颜

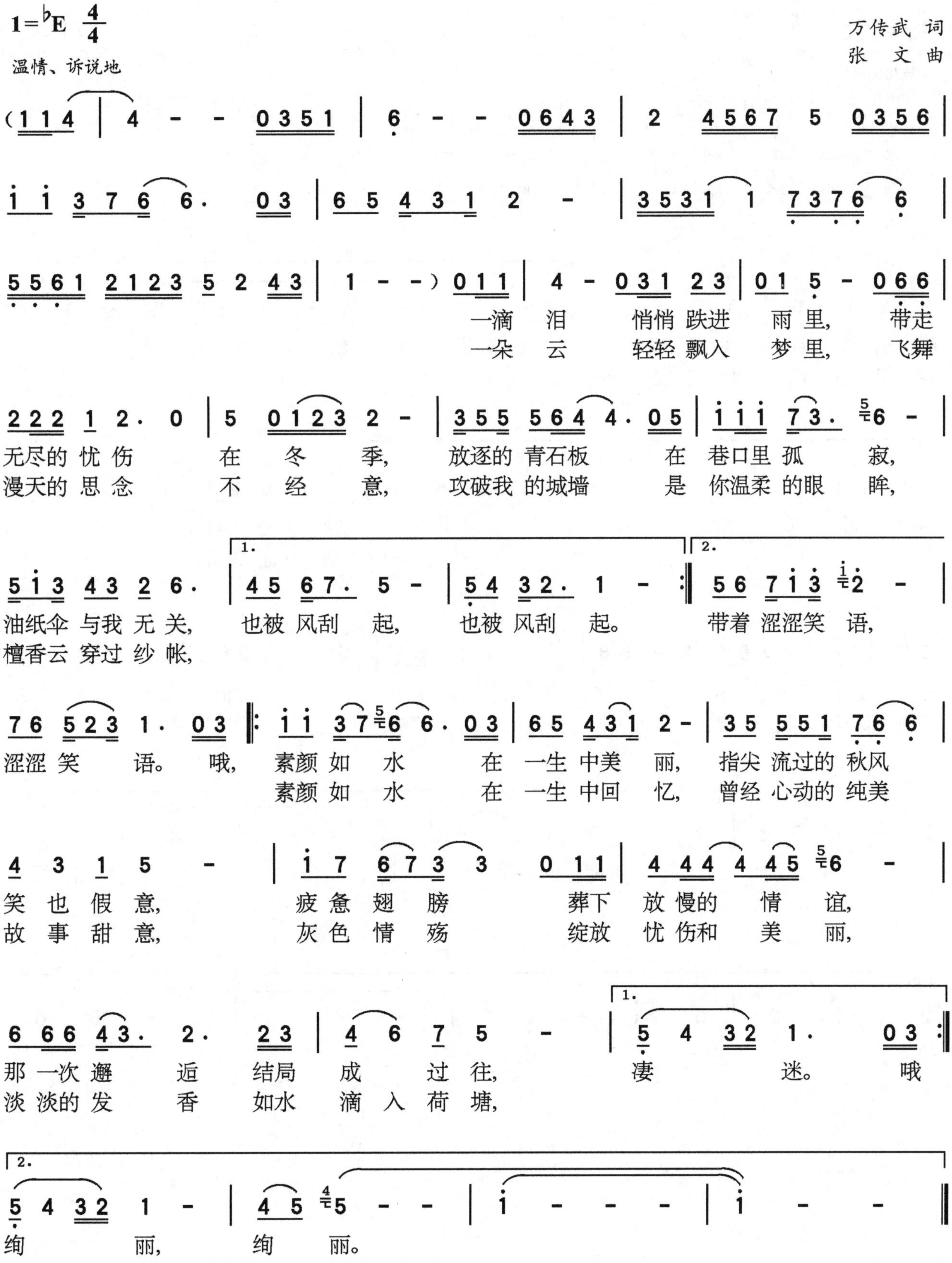

1=♭E $\frac{4}{4}$

温情、诉说地

万传武 词
张 文 曲

一滴泪 悄悄跌进雨里，带走无尽的忧伤在冬季，放逐的青石板在巷口里孤寂，油纸伞与我无关，也被风刮起，也被风刮起。

一朵云 轻轻飘入梦里，飞舞漫天的思念不经意，攻破我的城墙是你温柔的眼眸，檀香云穿过纱帐，带着涩涩笑语，涩涩笑语。

哦，素颜如水在一生中美丽，指尖流过的秋风笑也假意，疲惫翅膀葬下放慢的情谊，那一次邂逅结局成过往，凄迷。

哦，素颜如水在一生中回忆，曾经心动的纯美故事甜意，灰色情殇绽放忧伤和美丽，淡淡的发香如水滴入荷塘，绚丽，绚丽。

与你执手看一场秋凉

1=D $\frac{4}{4}$

♩=106

万传武 词
罗焱坤 曲

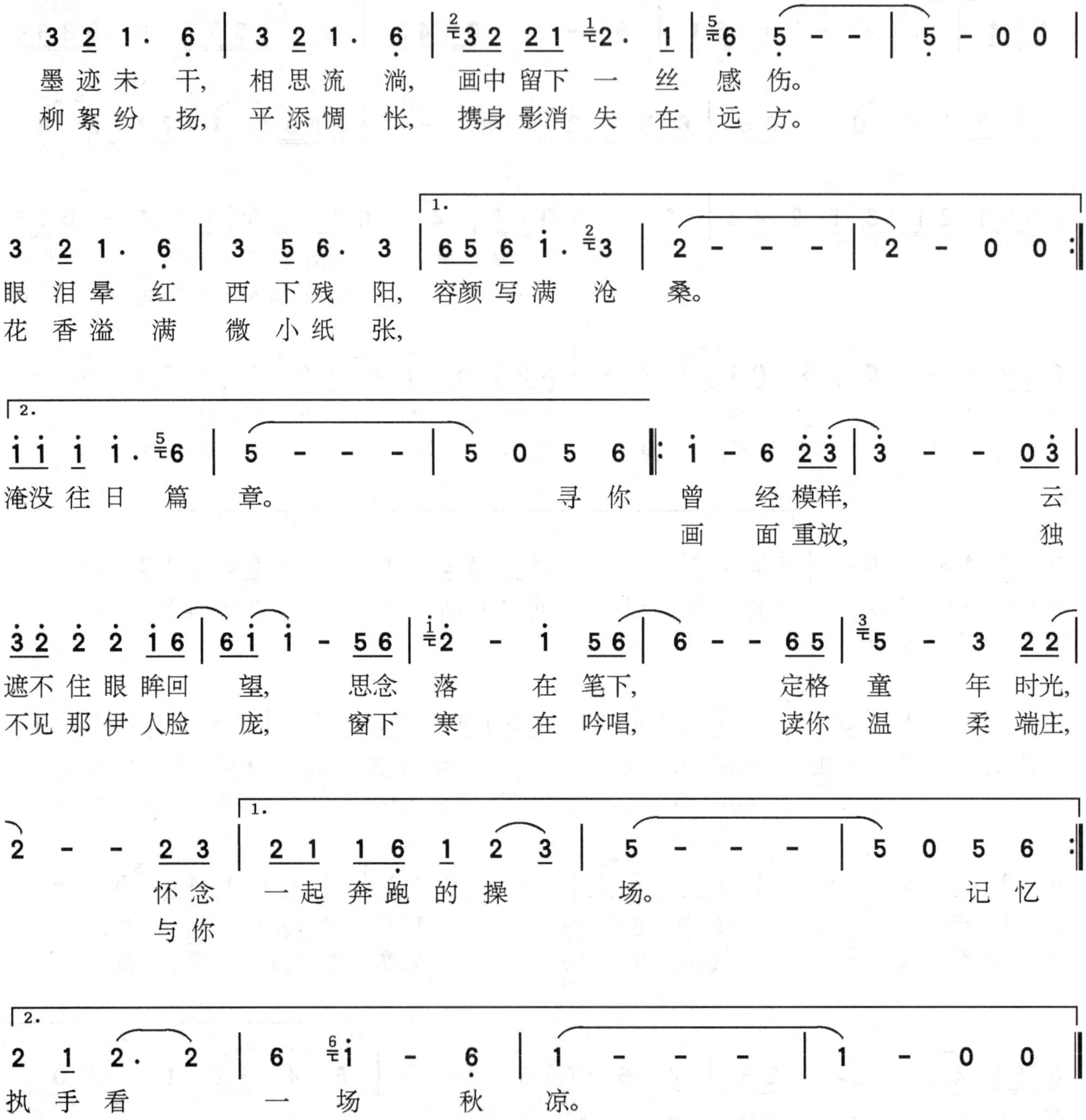

墨迹未干，相思流淌，画中留下一丝感伤。
柳絮纷扬，平添惆怅，携身影消失在远方。

眼泪晕红西下残阳，容颜写满沧桑。
花香溢满微小纸张，

淹没往日篇章。

寻你曾经模样，云遮不住眼眸回望，思念落在笔下，定格童年时光，怀念一起奔跑的操场。记忆
画面重放，独不见那伊人脸庞，窗下寒在吟唱，读你温柔端庄，与你

执手看一场秋凉。

军营畅想曲

1=D $\frac{4}{4}$

抒情、赞美地

万传武 词
张 文 曲

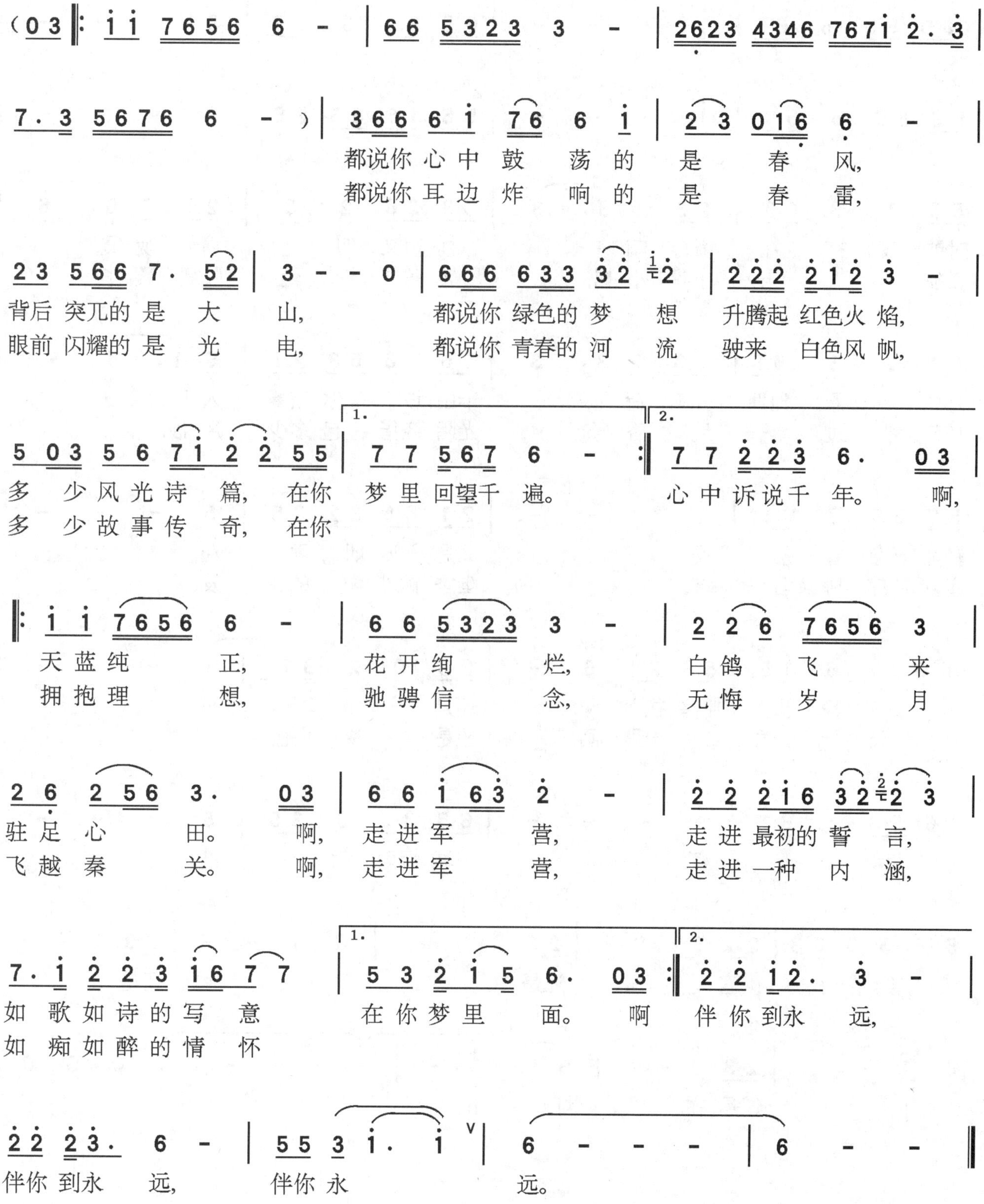

都说你心中鼓荡的是春风，
背后突兀的是大山，
都说你绿色的梦想升腾起红色火焰，
多少风光诗篇，在你梦里回望千遍。
心中诉说千年。

都说你耳边炸响的是春雷，
眼前闪耀的是光电，
都说你青春的河流驶来白色风帆，
多少故事传奇，在你

啊，
天蓝纯正，花开绚烂，白鸽飞来驻足心田。
啊，走进军营，走进最初的誓言，
如歌如诗的写意在你梦里面。

啊
拥抱理想，驰骋信念，无悔岁月飞越秦关。
啊，走进军营，走进一种内涵，
如痴如醉的情怀
伴你到永远，
伴你到永远，伴你永远。

那年那画

万传武 词
耿 娟 曲

1=♭E 4/4

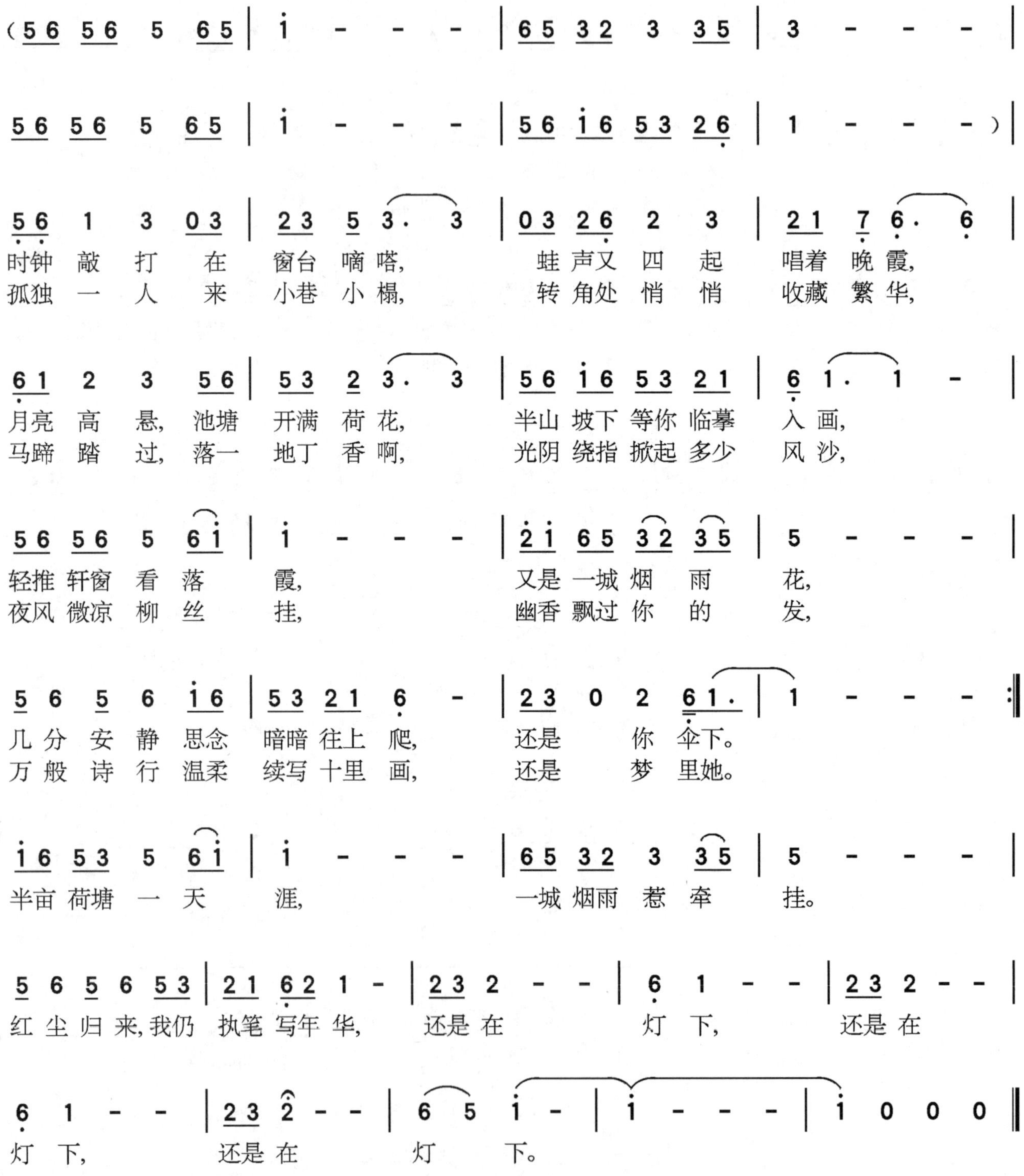

(56 56 5 65 | i - - - | 65 32 3 35 | 3 - - - |

56 56 5 65 | i - - - | 56 i6 53 26 | 1 - - -) |

56 1 3 03 | 23 5 3· 3 | 03 26 2 3 | 21 7 6· 6 |
时钟 敲 打 在 窗台 嘀 嗒, 蛙 声又 四 起 唱着 晚 霞,
孤独 一 人 来 小巷 小 榻, 转 角处 悄 悄 收藏 繁 华,

61 2 3 56 | 53 2 3· 3 | 56 i6 53 21 | 6 1· 1 - |
月亮 高 悬, 池塘 开满 荷 花, 半山 坡下 等你 临摹 入 画,
马蹄 踏 过, 落一 地丁 香 啊, 光阴 绕指 掀起 多少 风 沙,

56 56 5 6i | i - - - | 2i 65 32 35 | 5 - - - |
轻推 轩窗 看 落 霞, 又是 一城 烟 雨 花,
夜风 微凉 柳 丝 挂, 幽香 飘过 你 的 发,

5 6 5 6 i6 | 53 21 6 - | 23 0 2 61· | 1 - - - :||
几 分 安 静 思念 暗暗 往上 爬, 还是 你 伞下。
万 般 诗 行 温柔 续写 十里 画, 还是 梦 里她。

i6 53 5 6i | i - - - | 65 32 3 35 | 5 - - - |
半亩 荷塘 一 天 涯, 一城 烟雨 惹 牵 挂。

5 6 5 6 53 | 21 62 1 - | 23 2 - - | 6 1 - - | 23 2 - - |
红 尘 归 来, 我仍 执笔 写年 华, 还是 在 灯 下, 还是 在

6 1 - - | 23 2 - - | 6 5 i - | i - - - | i 0 0 0 ||
灯 下, 还是 在 灯 下。

涢之冬

（男高音独唱）

1=♭E $\frac{4}{4}$

♩=70

陈仁坤 词
刘怀宇 曲

截 几瓣 漂泊的 心愿， 粘贴在日历 的 序 篇， 念

起时， 泛滥 满 天 思 念； 念 落 时，辗转 满地 画

卷。 望， 南 飞 一行 雁。 想， 冰 霜 一季

缘。 松 语 梅 吟 的 时 节， 一树银 杏 悄 孕 碧 山

诗 笺。 读 晴 波 梧雨 千 万 遍， 素

容 尽 染， 懂了 你 蓄 蕴 的 缠 绵， 那些 形 与

影 的 爱 恋， 是否仍 在 你 梦 里 面？ 望，

南 飞 一行 雁。 想， 冰 霜 一季 缘。 松

语 梅 吟 的 时 节， 一曲樱 桃 暗 渡 涢 水 春 天。

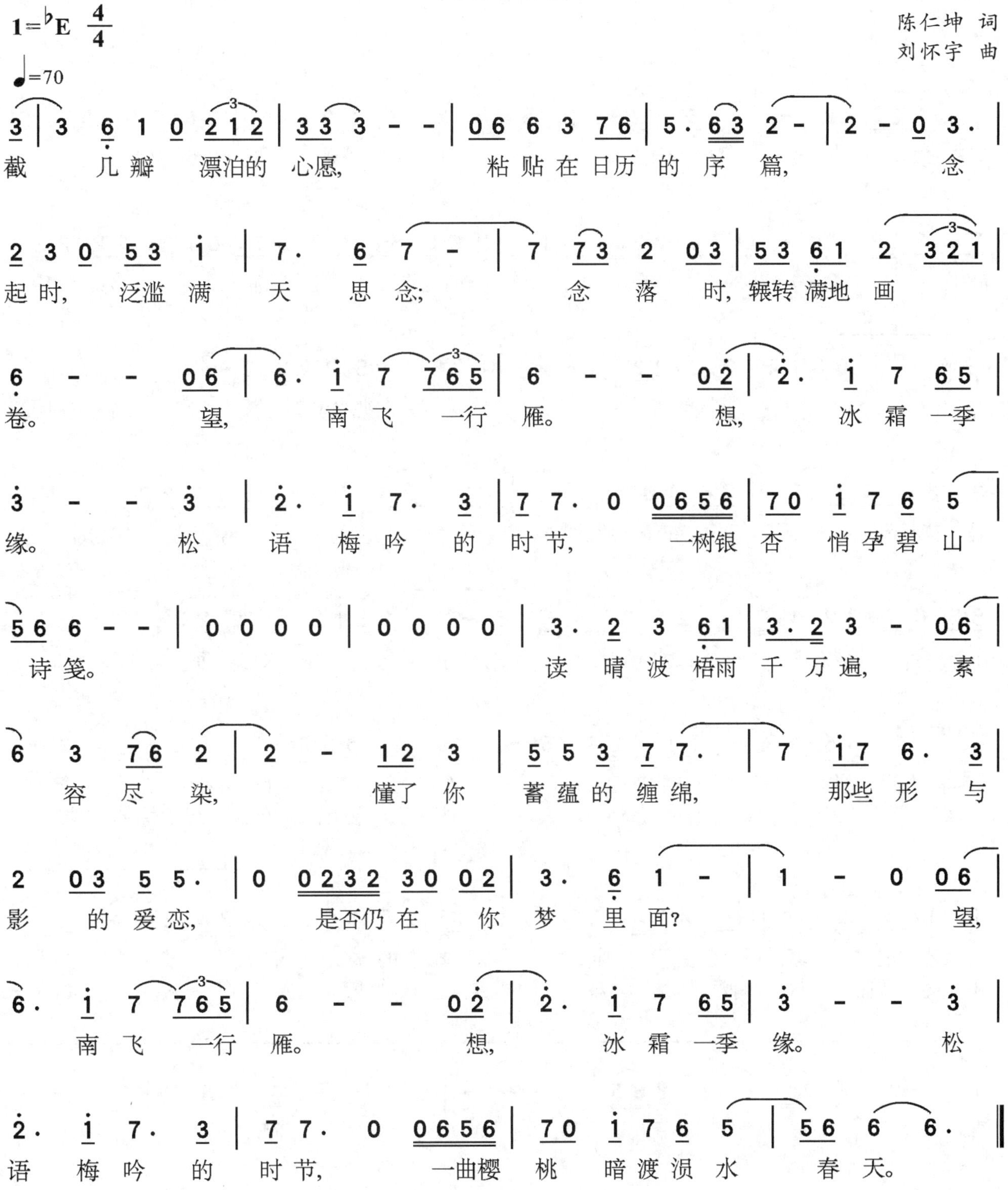

和美烟店村

1=F 4/4 2/4

佟文西 词
朱才勇 曲

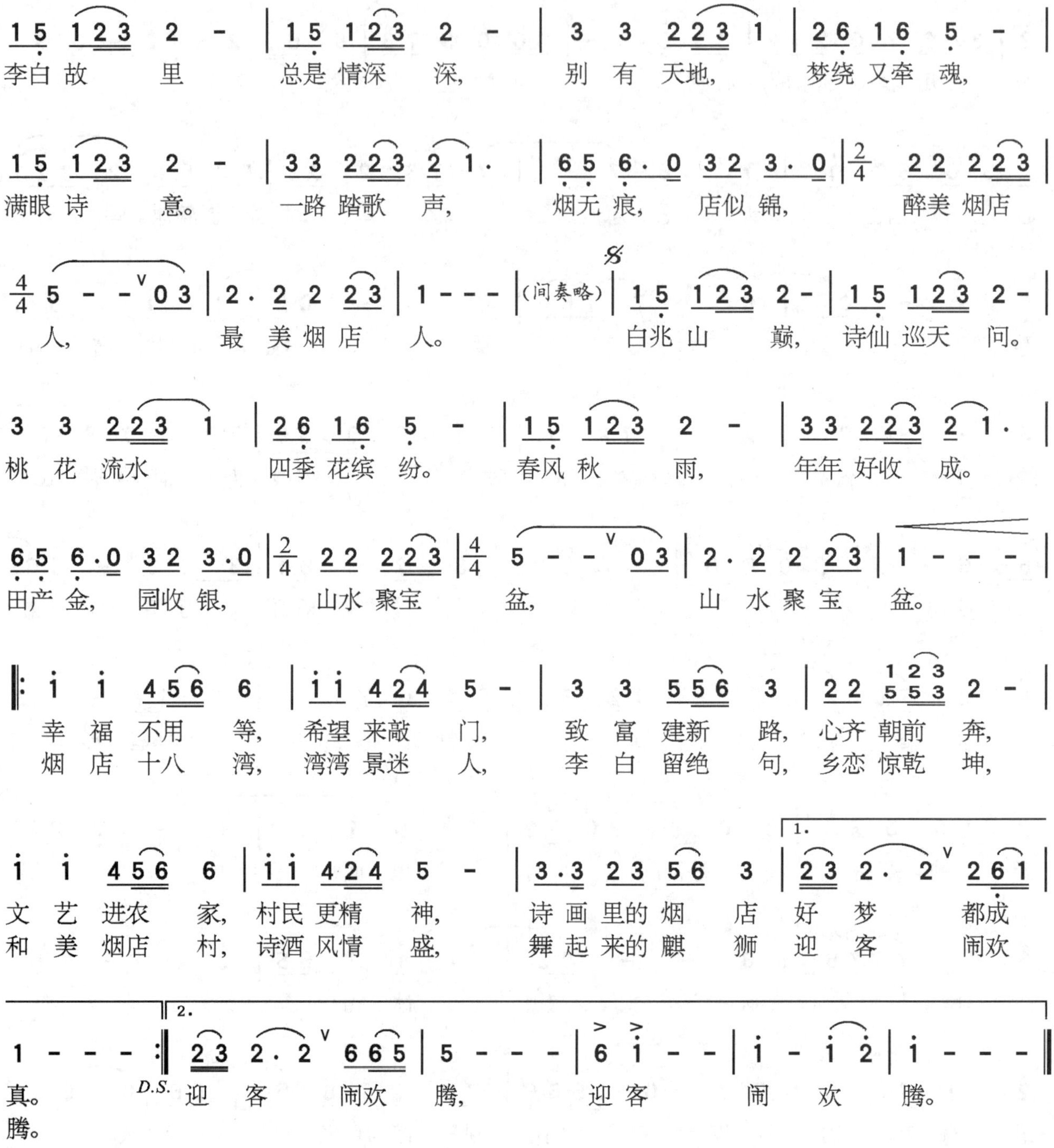

李白故里 总是情深深，别有天地，梦绕又牵魂，

满眼诗意。一路踏歌声，烟无痕，店似锦，醉美烟店

人，最美烟店人。（间奏略）白兆山巅，诗仙巡天问。

桃花流水 四季花缤纷。春风秋雨，年年好收成。

田产金，园收银，山水聚宝盆，山水聚宝盆。

幸福不用等，希望来敲门，致富建新路，心齐朝前奔，
烟店十八湾，湾湾景迷人，李白留绝句，乡恋惊乾坤，

文艺进农家，村民更精神，诗画里的烟店好梦都成
和美烟店村，诗酒风情盛，舞起来的麒狮迎客闹欢

真。D.S. 迎客闹欢腾，迎客闹欢腾。
腾。

府河魂　安陆情

1=G $\frac{2}{4}$

万传武 词
沈建华 曲

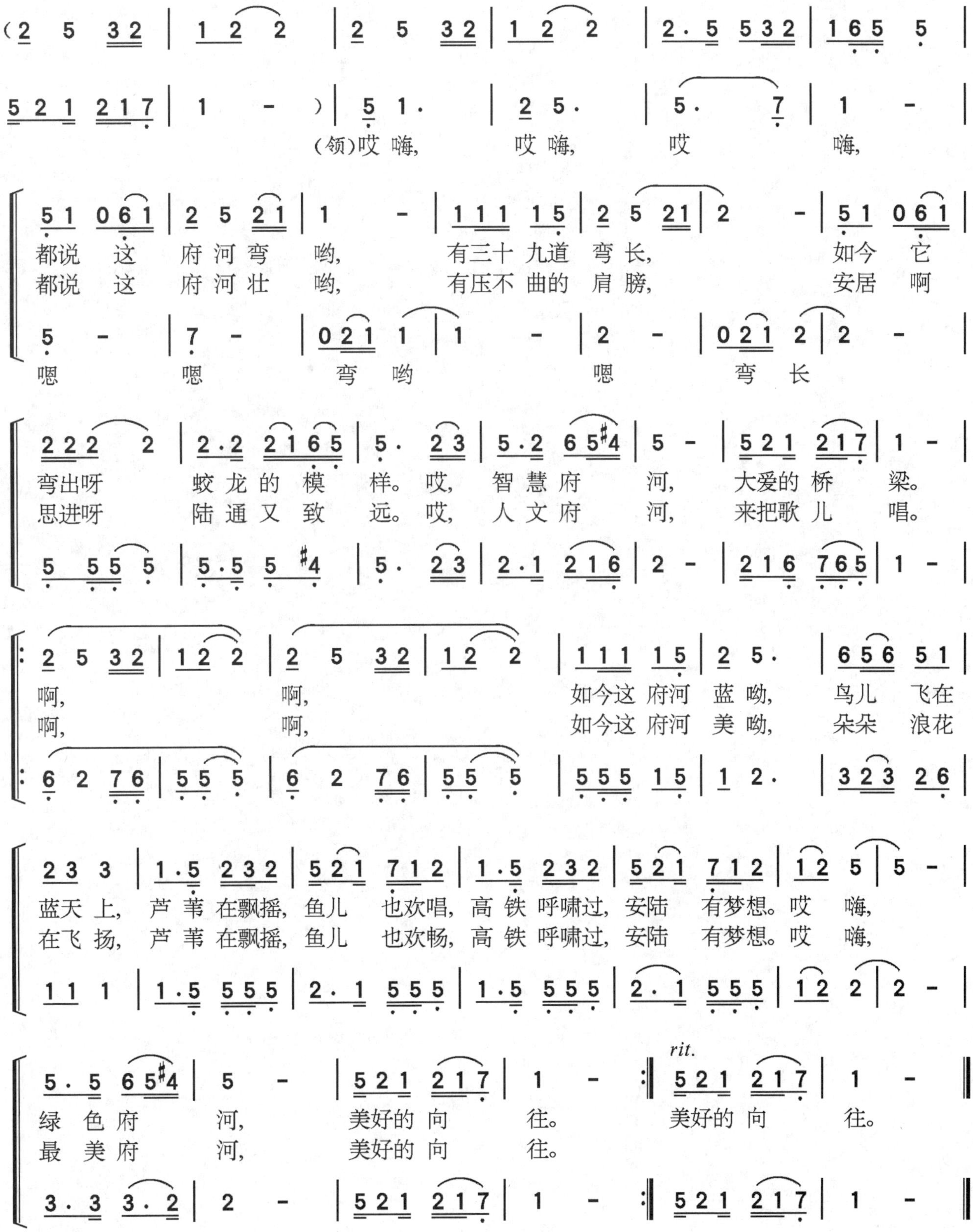

(领)哎 嗨，哎 嗨，哎 嗨，

都说 这 府河弯 哟，有三十 九道 弯长，如今 它
都说 这 府河壮 哟，有压不 曲的 肩膀，安居 啊
嗯 嗯 弯哟 嗯 弯长

弯出呀 蛟龙的 模 样。哎，智慧府 河，大爱的 桥 梁。
思进呀 陆通又 致 远。哎，人文府 河，来把歌 儿 唱。

啊，啊，如今这 府河 蓝 哟，鸟儿 飞在
啊，啊，如今这 府河 美 哟，朵朵 浪花

蓝天 上，芦 苇 在飘摇，鱼儿 也欢唱，高 铁 呼啸过，安陆 有梦想。哎 嗨，
在飞 扬，芦 苇 在飘摇，鱼儿 也欢畅，高 铁 呼啸过，安陆 有梦想。哎 嗨，

rit.

绿 色 府 河，美好的 向 往。美好的 向 往。
最 美 府 河，美好的 向 往。

李白遗风

LIBAI
YIFENG

行路难

1=D $\frac{4}{4}$

（唐）李　白　词
余承鸿　曲

3 3 6 6 6 - | ♯4 3 4 - - | 3 3 ♯4 4 4 - | ♯4 2 3 - - - |
金樽 清酒 斗十 千， 玉盘 珍馐 直万 钱。

6 6 3 3 0 0 | ♯4 3 2 1 0 | X X X X X - | 2 5 6 - |
停杯 投箸 不 能 食， 拔剑 四顾 心 茫 然。

6 6 5 7 6 - | 6 5 7 6 - | 2·2 2 6 6 2 3 ♯4 | 3 - - - |
欲渡 黄 河 冰 塞 川， 将 登 太行 雪 满 山。

2 2 3 5 5· | 3 2 6 1 - | 7·7 6 7 2 5 7 | 6 - - - |
闲 来 垂 钓 碧 溪 上， 忽 复 乘舟 梦 日 边。

‖: i· 7 6 6· 3 | i· 7 6 6 - | 2 2 3 5· 3 | 6 2 3 ♯4 3 - |
行 路 难， 行 路 难！ 多 歧 路， 今 安 在？

2·6 1 2 3 2 3 | 6·6 6 1 2 3 5 | 6 3 5 6 i· 7 | 6 i 3 2 - |
长 风 破浪 会有 时， 直 挂 云帆 济沧 海。 长风 破 浪 会 有 时，

2·2 2 3 7 5 6 | 6 - - - :‖ 5·3 5 6 2 - | 5 - 7 - |
直 挂 云帆 济 沧 海。 直 挂 云帆 济 沧

6 - - - | 6 - - 0 ‖
海。

诗仙寻梦

——李白在安陆

1=C 4/4

万传武 词
吴 鹏 曲

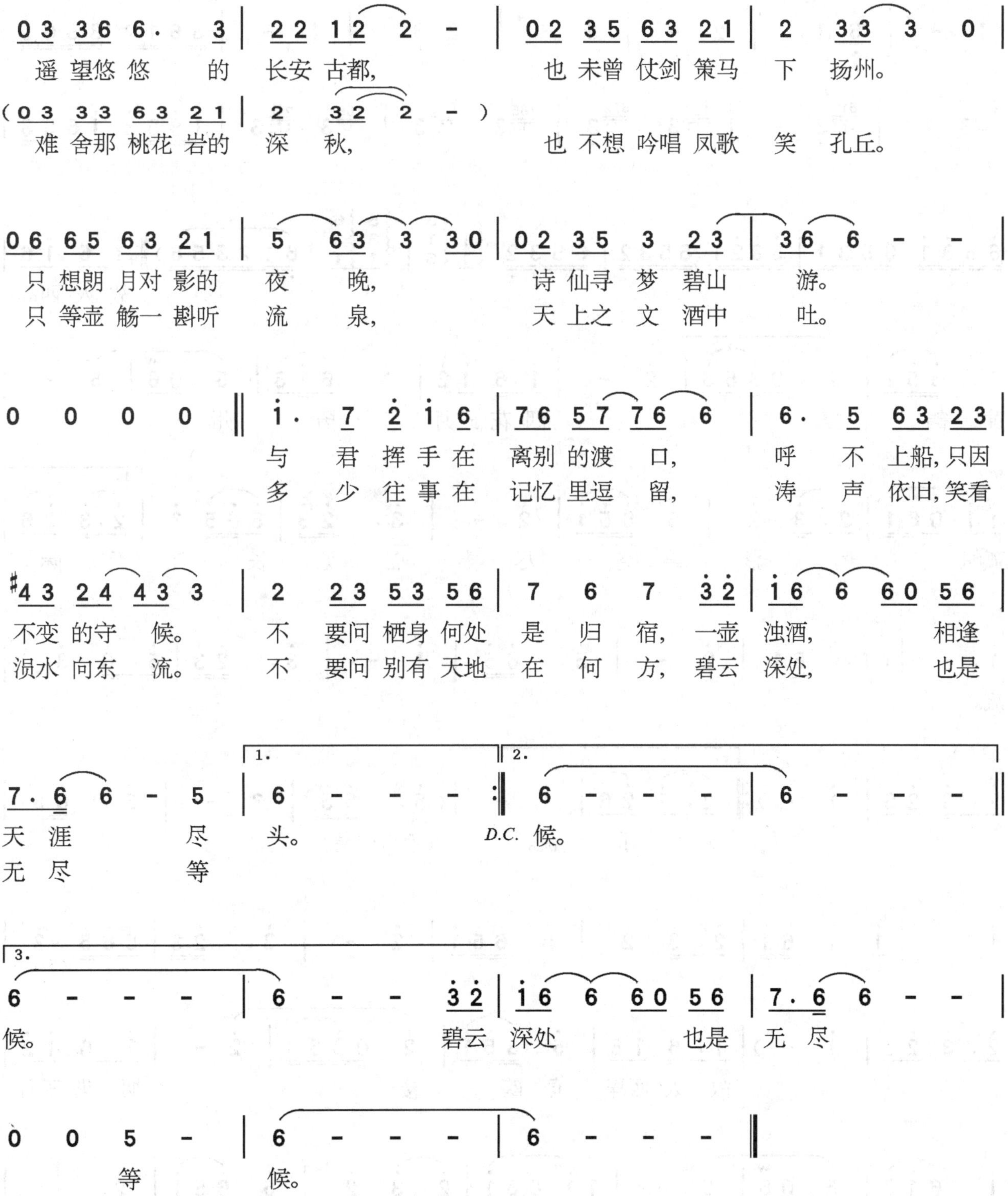

03 33 6· 3 | 22 12 2 - | 02 35 63 21 | 2 33 3 0 |
遥望悠悠 的 长安 古都， 也 未曾 仗剑 策马 下 扬州。
(03 33 63 21 | 2 32 2 -)
难 舍那 桃花 岩的 深 秋， 也 不想 吟唱 凤歌 笑 孔丘。

06 65 63 21 | 5 63 3 30 | 02 35 3 23 | 36 6 - - |
只 想朗 月对 影的 夜 晚， 诗 仙寻 梦 碧山 游。
只 等壶 觞一 斟听 流 泉， 天 上之 文 酒中 吐。

0 0 0 0 ‖ 1· 7 2 1 6 | 76 57 76 6 | 6· 5 63 23 |
与 君 挥 手 在 离别 的渡 口， 呼 不 上船，只因
多 少 往 事 在 记忆 里逗 留， 涛 声 依旧，笑看

#43 24 43 3 | 2 23 53 56 | 7 6 7 32 | 16 6 60 56 |
不变 的守 候。 不 要问 栖身 何处 是 归 宿， 一壶 浊酒， 相逢
涢水 向东 流。 不 要问 别有 天地 在 何 方， 碧云 深处， 也是

7·6 6 - 5 | [1.] 6 - - - :‖ [2.] 6 - - - | 6 - - - ‖
天 涯 尽 头。 *D.C.* 候。
无 尽 等

[3.] 6 - - - | 6 - - 32 | 16 6 60 56 | 7·6 6 - - |
候。 碧云 深处 也是 无 尽

0 0 5 - | 6 - - - | 6 - - - ‖
等 候。

黄鹤楼送孟浩然之广陵

1=♭B $\frac{2}{4}$

散板

（唐）李　白 词

沈建华 曲

（古琴）

（古筝）

故人西辞黄鹤楼，烟花三月下扬州。

孤帆远影碧空尽，唯见长江天际流。

天际流。（旁白：诗）

故人西辞黄鹤楼，烟花三月下扬州。

孤帆远影碧空尽，

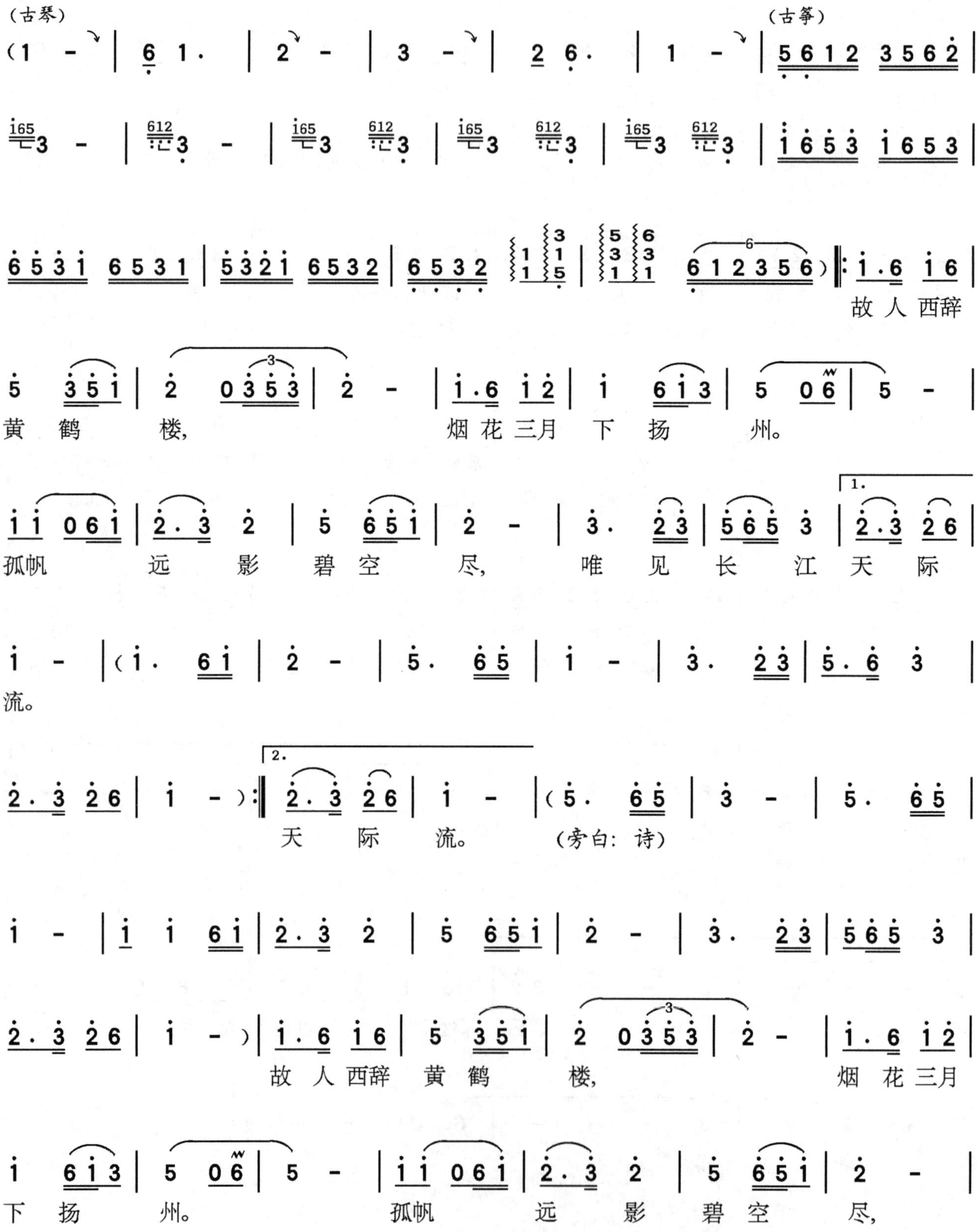

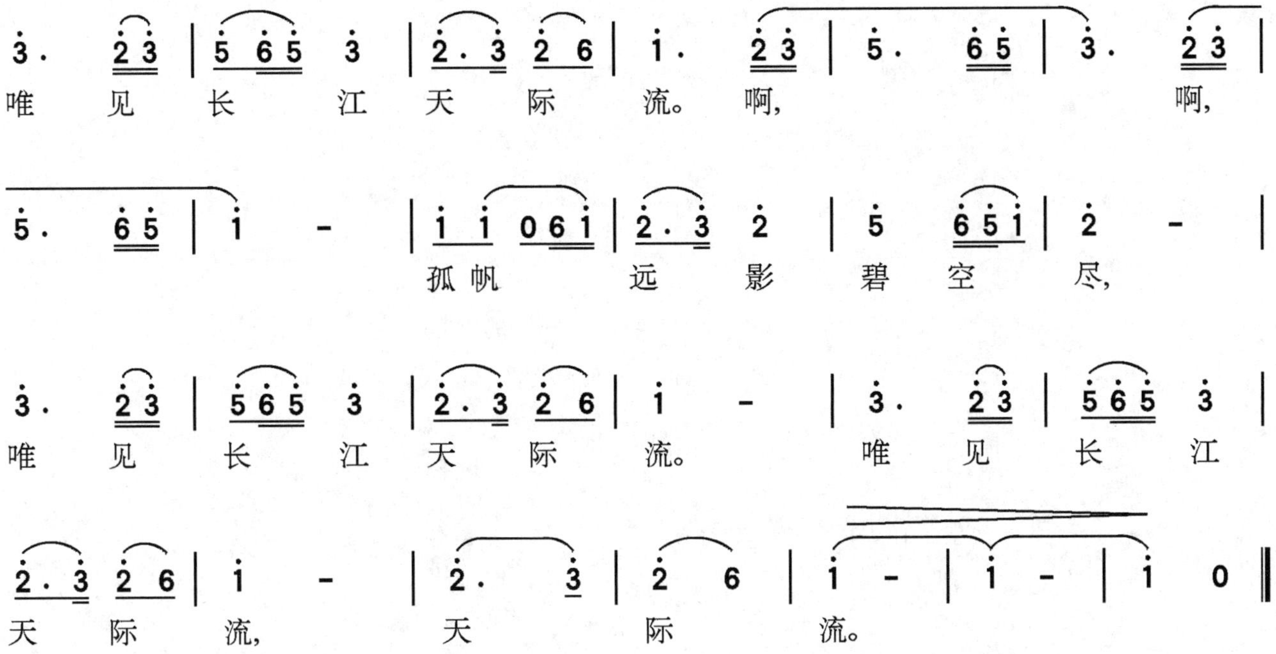

3. 23 | 5 65 3 | 2.3 2 6 | 1. 23 | 5. 65 | 3. 23 |

唯见长江天际流。啊， 啊，

5. 65 | 1 - | 1 1 061 | 2.3 2 | 5 651 | 2 - |

孤帆远影碧空尽，

3. 23 | 565 3 | 2.3 2 6 | 1 - | 3. 23 | 565 3 |

唯见长江天际流。唯见长江

2.3 2 6 | 1 - | 2. 3 | 2 6 | 1 - | 1 - | 1 0 ‖

天际流，天际流。

校园之声

XIAOYUAN
ZHI
SHENG

点燃青春的梦想

——郧国学府之歌(安陆市第一高级中学校歌)

1=♭A $\frac{2}{4}$

中速 赞颂、自豪地

集 体 词
韩贵森 曲

渐慢

稍慢 每分钟72拍

碧山苍，涢水汤，郧国学府，含蕴悠长。桃花溪间逐，红杏春意淌，我们的精神家园，点燃青春的梦想。

银杏芳，栀子香，前贤遗风，我辈弘扬。心与心交汇，教与学相长，我们的成长乐土，奏响生命的乐章。

中速稍快 每分钟88拍

啊，忠诚团结，播种希望，魅力一中桃李芬芳。啊，求实创新，放飞梦想，魅力一中走向辉煌。

1.

2.

煌。

渐慢

魅力一中走向辉煌。

誓为国栋梁

——安陆市中等职业技术学校校歌

王国平 词
余承鸿 曲

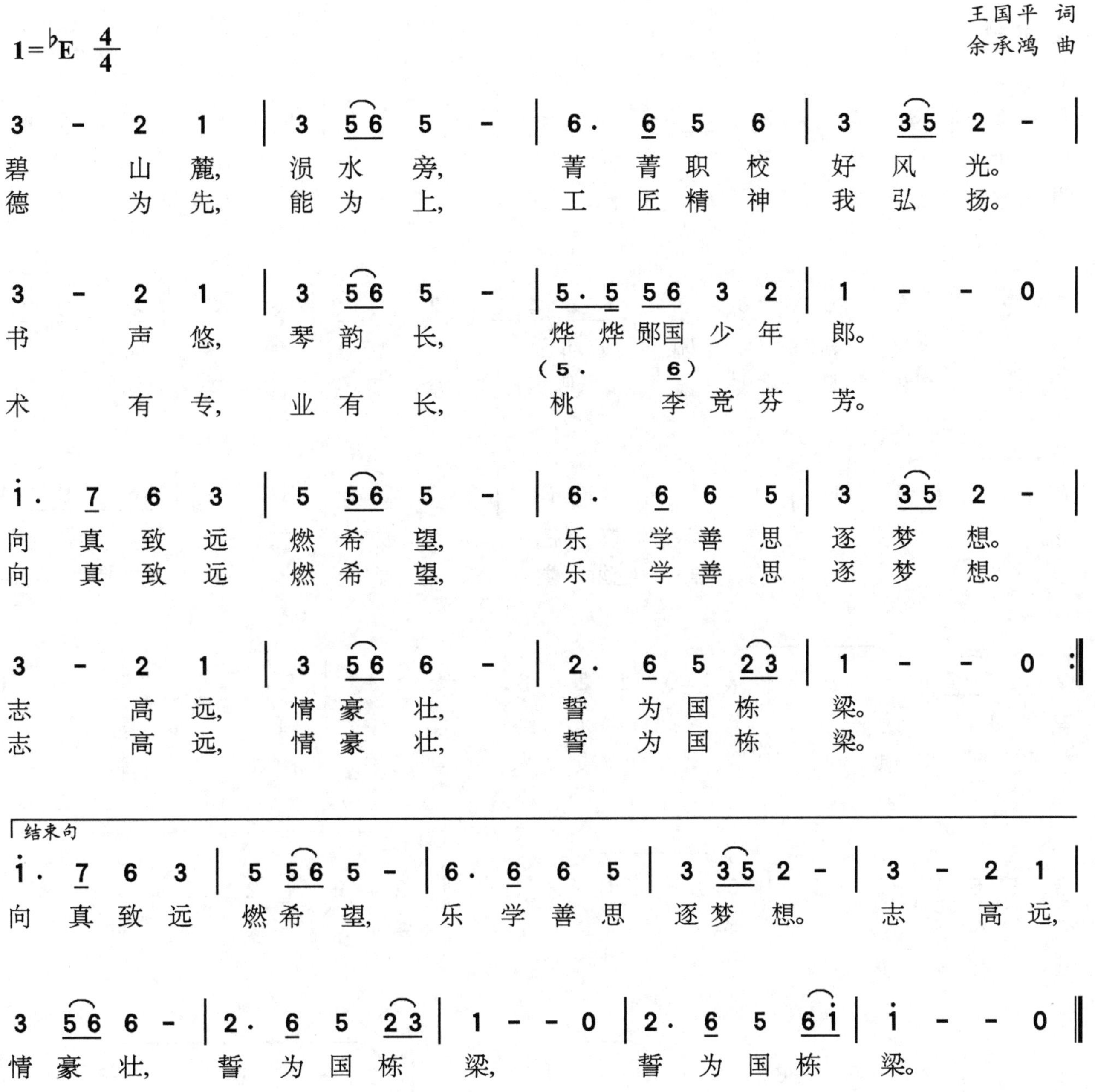

1=♭E 4/4

3 - 2 1 | 3 56 5 - | 6. 6 5 6 | 3 35 2 - |
碧 山 麓，涢 水 旁，菁 菁 职 校 好 风 光。
德 为 先，能 为 上，工 匠 精 神 我 弘 扬。

3 - 2 1 | 3 56 5 - | 5. 5 56 3 2 | 1 - - 0 |
书 声 悠，琴 韵 长，烨 烨 郧国 少 年 郎。
(5. 6)
术 有 专，业 有 长，桃 李 竞 芬 芳。

i. 7 6 3 | 5 56 5 - | 6. 6 6 5 | 3 35 2 - |
向 真 致 远 燃 希 望，乐 学 善 思 逐 梦 想。
向 真 致 远 燃 希 望，乐 学 善 思 逐 梦 想。

3 - 2 1 | 3 56 6 - | 2. 6 5 23 | 1 - - 0 :‖
志 高 远，情 豪 壮，誓 为 国 栋 梁。
志 高 远，情 豪 壮，誓 为 国 栋 梁。

结束句

i. 7 6 3 | 5 56 5 - | 6. 6 6 5 | 3 35 2 - | 3 - 2 1 |
向 真 致 远 燃 希 望，乐 学 善 思 逐 梦 想。志 高 远，

3 56 6 - | 2. 6 5 23 | 1 - - 0 | 2. 6 5 6i | i - - 0 ‖
情 豪 壮，誓 为 国 栋 梁，誓 为 国 栋 梁。

扬帆远航

——安陆市实验初级中学校歌

赵孟柏 词
余承鸿 曲

1＝F 2/4

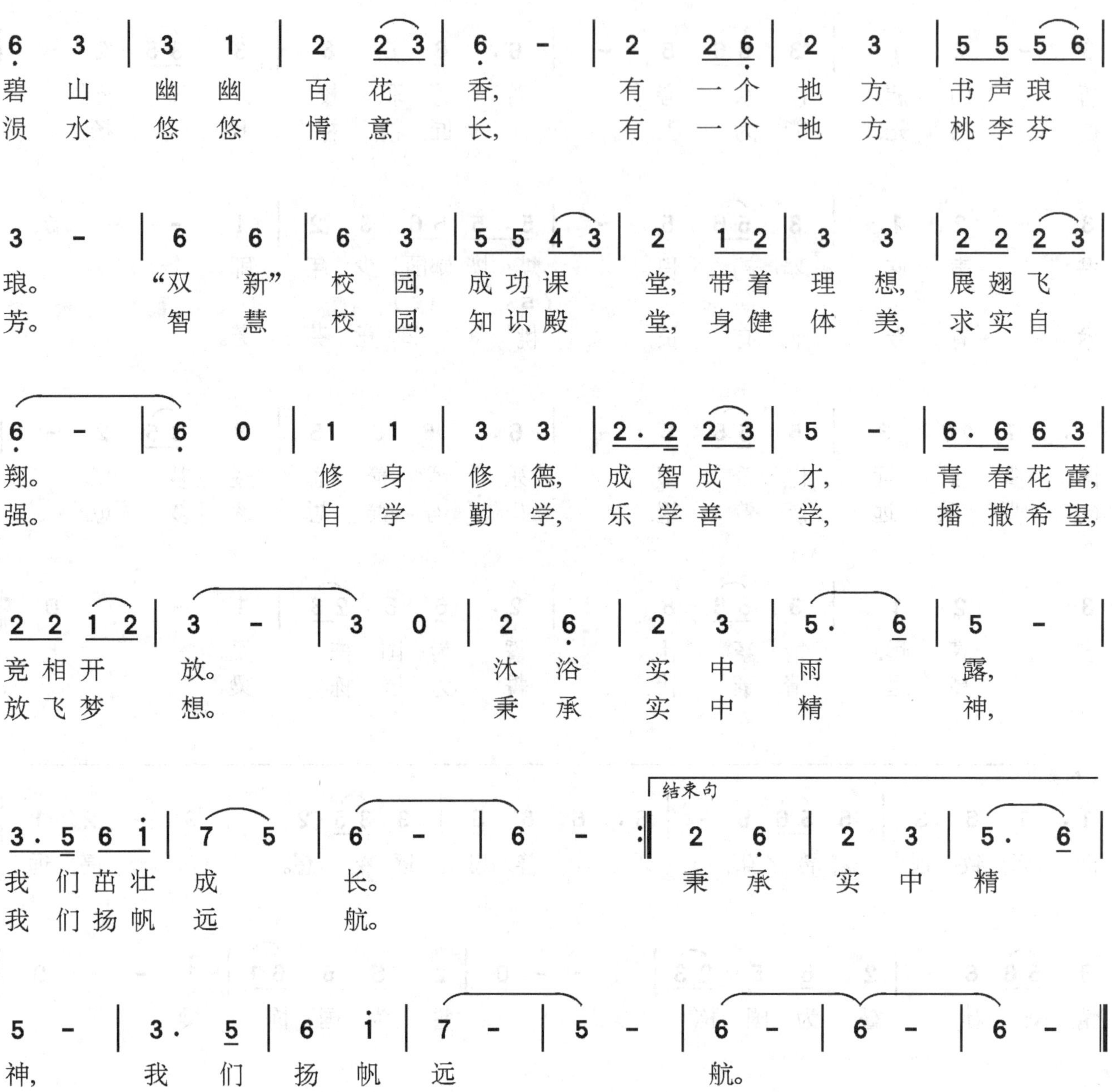

6 3 | 3 1 | 2 2 3 | 6 - | 2 2 6 | 2 3 | 5 5 5 6 |
碧山幽幽百花香，有一个地方书声琅
涢水悠悠情意长，有一个地方桃李芬

3 - | 6 6 | 6 3 | 5 5 4 3 | 2 1 2 | 3 3 | 2 2 2 3 |
琅。“双新”校园，成功课堂，带着理想，展翅飞
芳。智慧校园，知识殿堂，身健体美，求实自

6 - | 6 0 | 1 1 | 3 3 | 2·2 2 3 | 5 - | 6·6 6 3 |
翔。修身修德，成智成才，青春花蕾，
强。自学勤学，乐学善学，播撒希望，

2 2 1 2 | 3 - | 3 0 | 2 6 | 2 3 | 5· 6 | 5 - |
竞相开放。沐浴实中雨露，
放飞梦想。秉承实中精神，

3·5 6 i | 7 5 | 6 - | 6 - :‖ 结束句 2 6 | 2 3 | 5· 6 |
我们茁壮成长。秉承实中精
我们扬帆远航。

5 - | 3· 5 | 6 i | 7 - | 5 - | 6 - | 6 - | 6 - ‖
神，我们扬帆远航。

安陆市实验小学校歌

1＝F $\frac{4}{4}$

进行曲速度 自豪地

侯华平 词
冯广映 曲

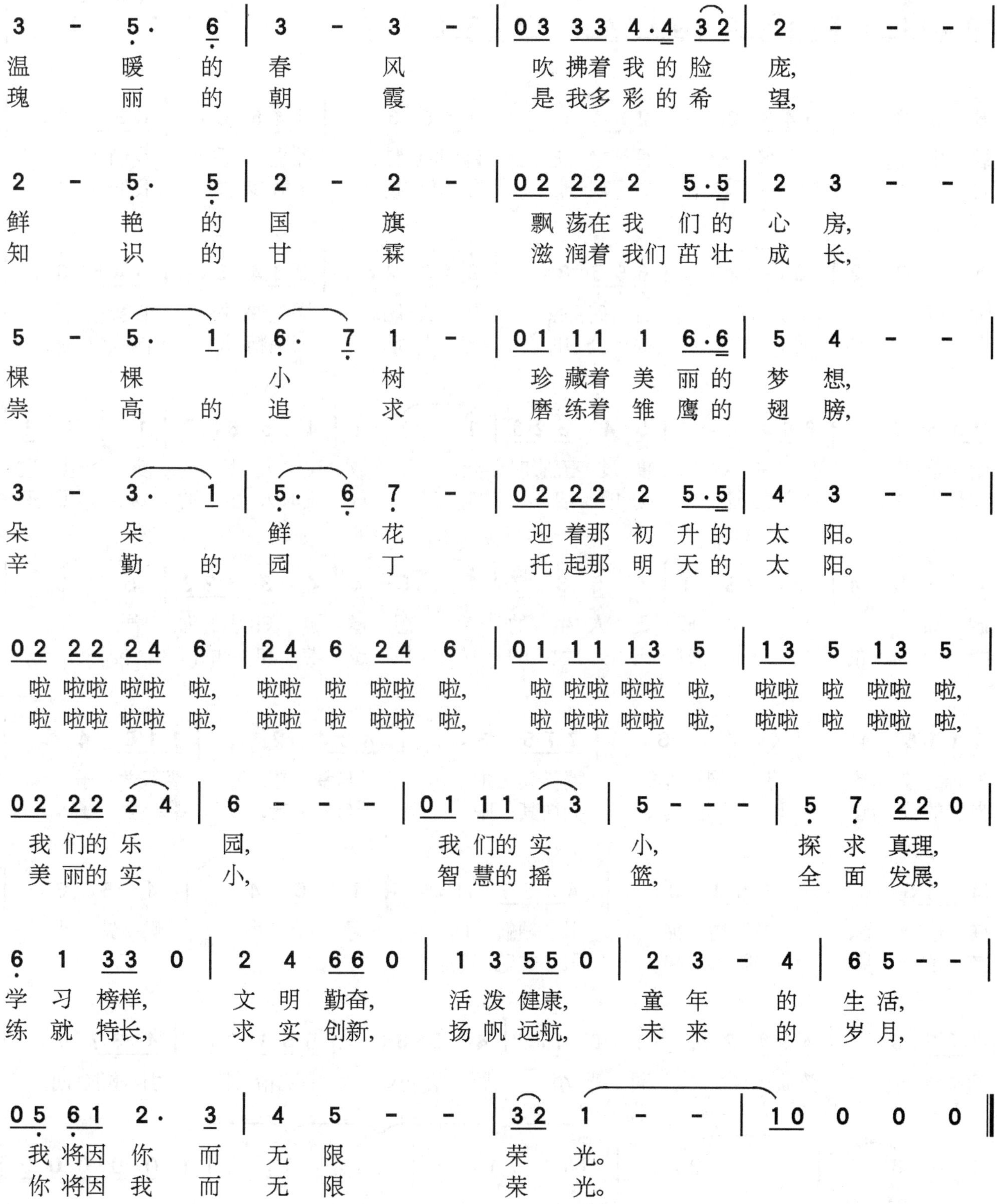

温暖的春风 吹拂着我的脸庞，
瑰丽的朝霞 是我多彩的希望，

鲜艳的国旗 飘荡在我们的心房，
知识的甘霖 滋润着我们茁壮成长，

棵棵小树 珍藏着美丽的梦想，
崇高的追求 磨练着雏鹰的翅膀，

朵朵鲜花 迎着那初升的太阳。
辛勤的园丁 托起那明天的太阳。

啦啦啦啦啦啦，啦啦啦啦啦啦，啦啦啦啦啦啦，啦啦啦啦啦啦，
啦啦啦啦啦啦，啦啦啦啦啦啦，啦啦啦啦啦啦，啦啦啦啦啦啦，

我们的乐园，我们的实小，探求真理，
美丽的实小，智慧的摇篮，全面发展，

学习榜样，文明勤奋，活泼健康，童年的生活，
练就特长，求实创新，扬帆远航，未来的岁月，

我将因你而无限荣光。
你将因我而无限荣光。

安陆市紫金路小学校歌

1=C 6/8

欢快地

陈　斌 词

黄汛舫　柯质林 曲

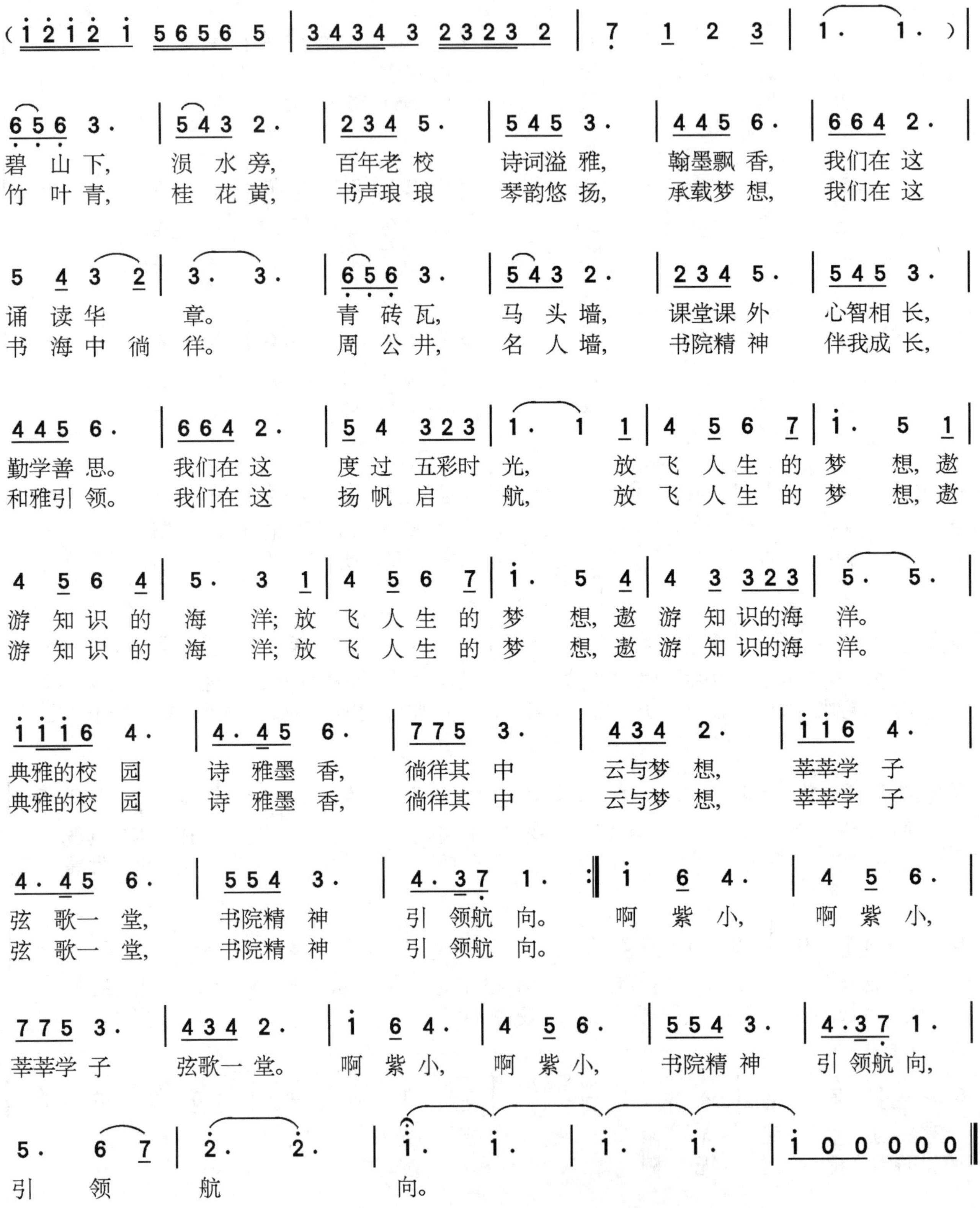

碧山下，涢水旁，百年老校诗词溢雅，翰墨飘香，我们在这诵读华章。青砖瓦，马头墙，课堂课外心智相长，勤学善思。我们在这度过五彩时光，放飞人生的梦想，遨游知识的海洋；放飞人生的梦想，遨游知识的海洋。

竹叶青，桂花黄，书声琅琅琴韵悠扬，承载梦想，我们在这书海中徜徉。周公井，名人墙，书院精神伴我成长，和雅引领。我们在这扬帆启航，放飞人生的梦想，遨游知识的海洋；放飞人生的梦想，遨游知识的海洋。

典雅的校园诗雅墨香，徜徉其中云与梦想，莘莘学子弦歌一堂，书院精神引领航向。

典雅的校园诗雅墨香，徜徉其中云与梦想，莘莘学子弦歌一堂，书院精神引领航向。

啊紫小，啊紫小，莘莘学子弦歌一堂。啊紫小，啊紫小，书院精神引领航向，引领航向。

走向辉煌

——安陆市巡店镇中心小学校歌

王国平 词

沈建华 曲

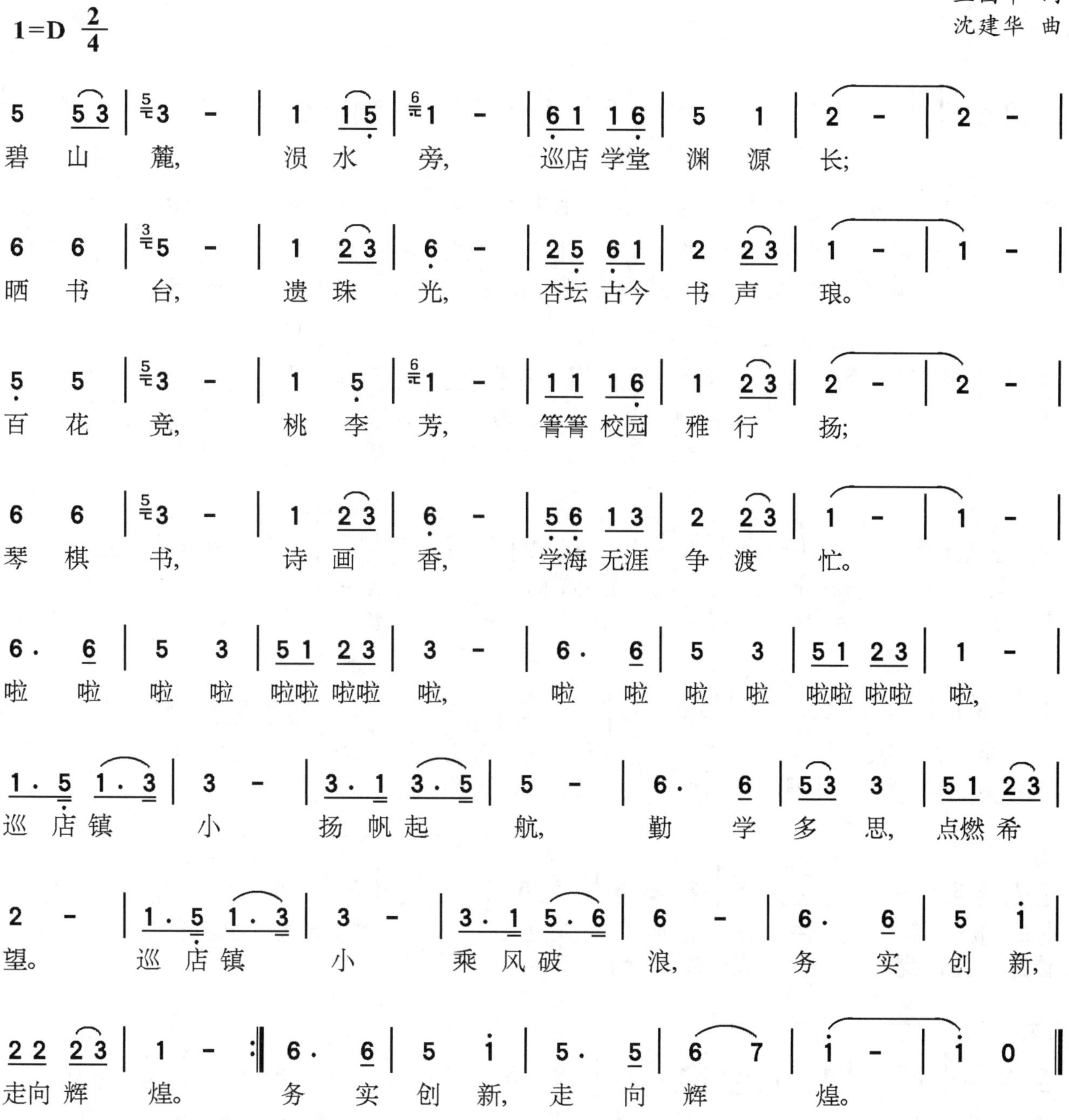

1=D $\frac{2}{4}$

碧山麓，涢水旁，巡店学堂渊源长；

晒书台，遗珠光，杏坛古今书声琅。

百花竞，桃李芳，箐箐校园雅行扬；

琴棋书，诗画香，学海无涯争渡忙。

啦啦啦啦啦啦啦啦啦，啦啦啦啦啦啦啦啦啦，

巡店镇小扬帆起航，勤学多思，点燃希望。巡店镇小乘风破浪，务实创新，

走向辉煌。务实创新，走向辉煌。

凤凰骄傲

万传武 词
曹丽娟 曲

1=C $\frac{2}{4}$

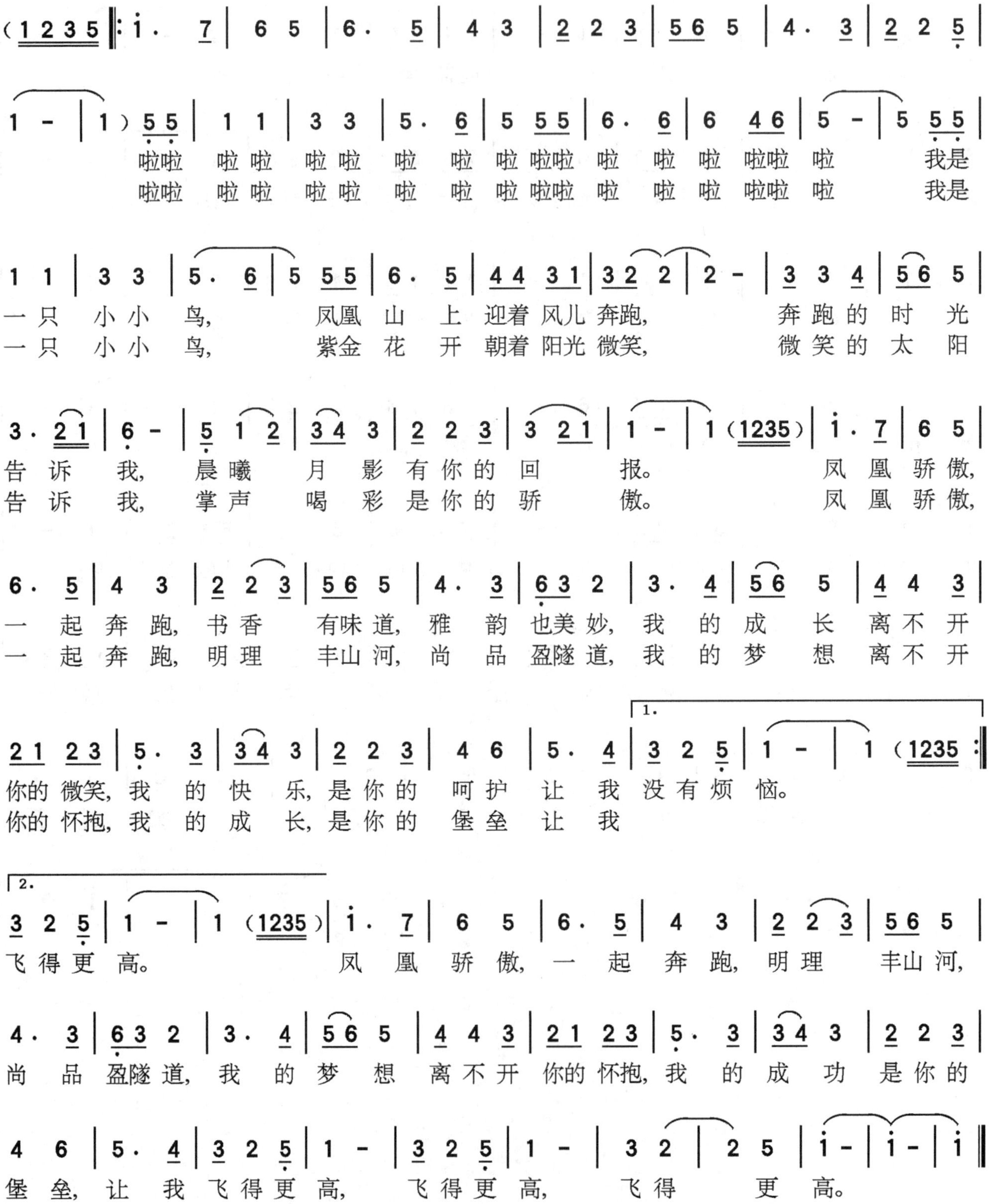

(1235 |: i. 7 | 6 5 | 6. 5 | 4 3 | 2 2 3 | 56 5 | 4. 3 | 2 2 5 |

1 - | 1) 55 | 1 1 | 3 3 | 5. 6 | 5 55 | 6. 6 | 6 46 | 5 - | 5 55 |
啦啦 啦 啦 啦 啦 啦 啦 啦啦啦 啦 啦 啦 啦啦 啦 我是
啦啦 啦 啦 啦 啦 啦 啦 啦啦啦 啦 啦 啦 啦啦 啦 我是

1 1 | 3 3 | 5. 6 | 5 55 | 6. 5 | 44 31 | 32 2 | 2 - | 3 3 4 | 56 5 |
一只 小小 鸟, 凤凰 山 上 迎着 风儿 奔跑, 奔 跑 的 时 光
一只 小小 鸟, 紫金 花 开 朝着 阳光 微笑, 微 笑 的 太 阳

3. 21 | 6 - | 5 1 2 | 34 3 | 2 2 3 | 3 21 | 1 - | 1 (1235) | i. 7 | 6 5 |
告 诉 我, 晨 曦 月 影 有 你 的 回 报。 凤 凰 骄 傲,
告 诉 我, 掌 声 喝 彩 是 你 的 骄 傲。 凤 凰 骄 傲,

6. 5 | 4 3 | 2 2 3 | 56 5 | 4. 3 | 63 2 | 3. 4 | 56 5 | 4 4 3 |
一 起 奔 跑, 书 香 有味 道, 雅 韵 也美 妙, 我 的 成 长 离 不 开
一 起 奔 跑, 明 理 丰山 河, 尚 品 盈隧 道, 我 的 梦 想 离 不 开

21 23 | 5. 3 | 34 3 | 2 2 3 | 4 6 | 5. 4 |[1. 3 2 5 | 1 - | 1 (1235 :|
你的 微笑, 我 的 快 乐, 是 你 的 呵 护 让 我 没 有 烦 恼。
你的 怀抱, 我 的 成 长, 是 你 的 堡 垒 让 我

[2. 3 2 5 | 1 - | 1 (1235) | i. 7 | 6 5 | 6. 5 | 4 3 | 2 2 3 | 56 5 |
飞 得 更 高。 凤 凰 骄 傲, 一 起 奔 跑, 明 理 丰山 河,

4. 3 | 63 2 | 3. 4 | 56 5 | 4 4 3 | 21 23 | 5. 3 | 34 3 | 2 2 3 |
尚 品 盈隧 道, 我 的 梦 想 离 不 开 你的 怀抱, 我 的 成 功 是 你 的

4 6 | 5. 4 | 3 2 5 | 1 - | 3 2 5 | 1 - | 3 2 | 2 5 | i - | i - | i ‖
堡 垒, 让 我 飞 得 更 高, 飞 得 更 高, 飞 得 更 高。

中国书法

1=♭E 4/4

♩=110 豪迈地

佟文西 词
方满琴 曲

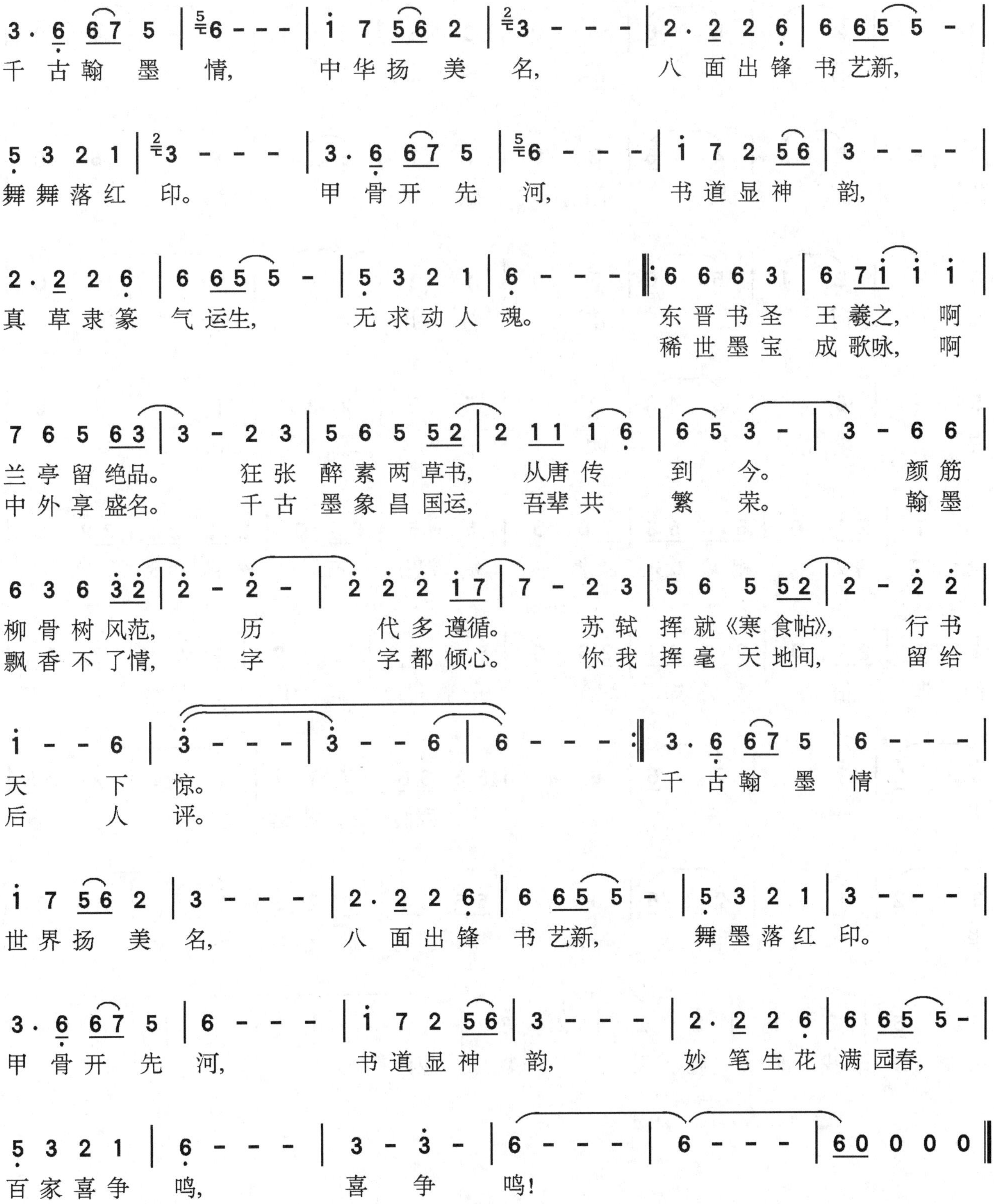

千古翰墨情，中华扬美名，八面出锋书艺新，
舞舞落红印。甲骨开先河，书道显神韵，
真草隶篆气运生，无求动人魂。东晋书圣王羲之，啊
稀世墨宝成歌咏，啊
兰亭留绝品。狂张醉素两草书，从唐传到今。颜筋
中外享盛名。千古墨象昌国运，吾辈共繁荣。翰墨
柳骨树风范，历代多遵循。苏轼挥就《寒食帖》，行书
飘香不了情，字字都倾心。你我挥毫天地间，留给
天下惊。千古翰墨情
后人评。
世界扬美名，八面出锋书艺新，舞墨落红印。
甲骨开先河，书道显神韵，妙笔生花满园春，
百家喜争鸣，喜争鸣！

放飞梦想

——蕲春县华毅学校校歌

邱和平 词
余承鸿 曲

1=♭B 2/4

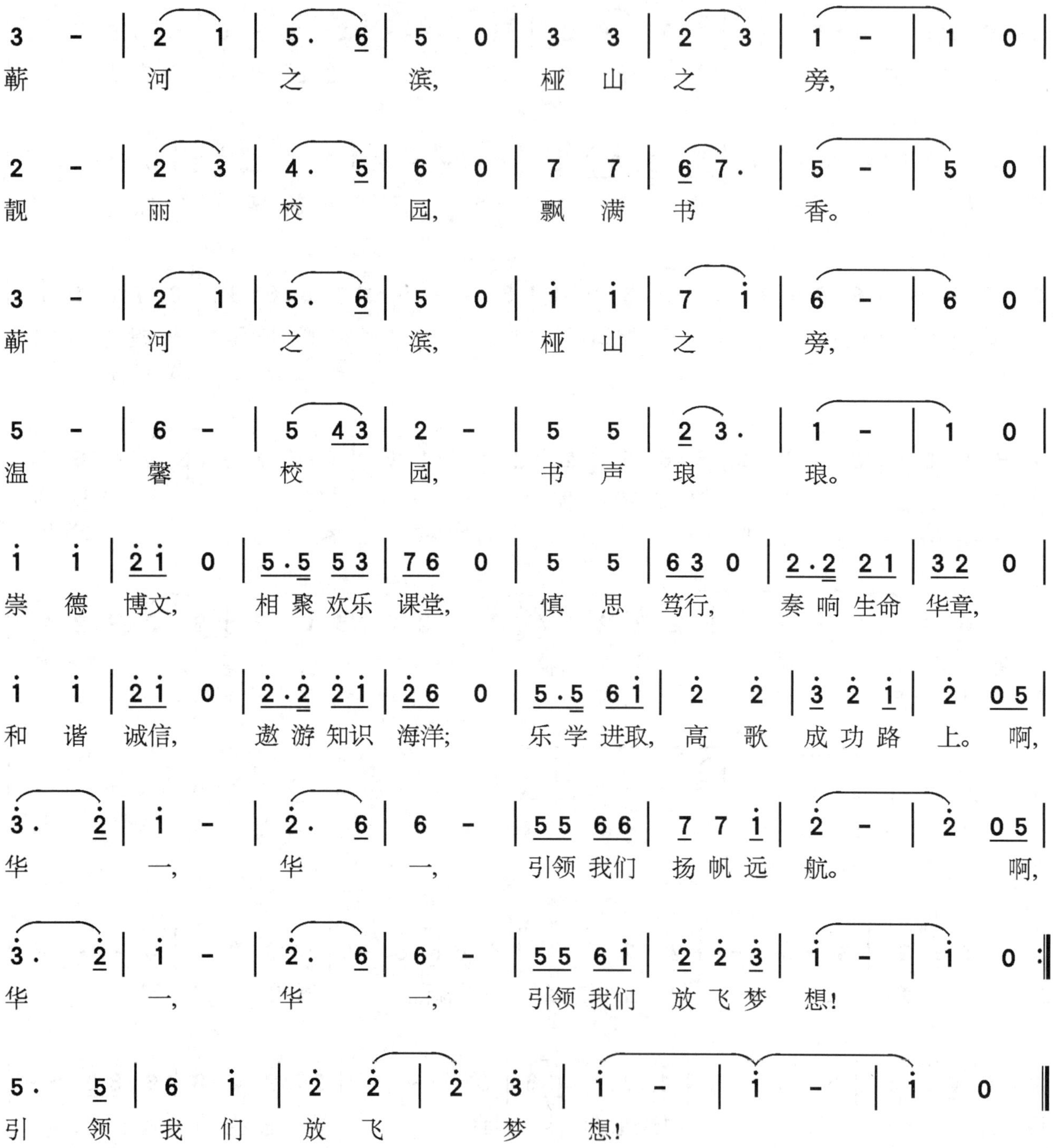

3 - | 2 1 | 5. 6 | 5 0 | 3 3 | 2 3 | 1 - | 1 0 |
蕲 河 之 滨， 桠 山 之 旁，

2 - | 2 3 | 4. 5 | 6 0 | 7 7 | 6 7. | 5 - | 5 0 |
靓 丽 校 园， 飘 满 书 香。

3 - | 2 1 | 5. 6 | 5 0 | 1 1 | 7 1 | 6 - | 6 0 |
蕲 河 之 滨， 桠 山 之 旁，

5 - | 6 - | 5 43 | 2 - | 5 5 | 2 3. | 1 - | 1 0 |
温 馨 校 园， 书 声 琅 琅。

1 1 | 21 0 | 5.5 53 | 76 0 | 5 5 | 63 0 | 2.2 21 | 32 0 |
崇 德 博文， 相 聚 欢乐 课堂， 慎 思 笃行， 奏 响 生命 华章，

1 1 | 21 0 | 2.2 21 | 26 0 | 5.5 61 | 2 2 | 3 2 1 | 2 05 |
和 谐 诚信， 遨 游 知识 海洋； 乐 学 进取， 高 歌 成 功 路 上。 啊，

3. 2 | 1 - | 2. 6 | 6 - | 55 66 | 7 7 1 | 2 - | 2 05 |
华 一， 华 一， 引领 我们 扬 帆 远 航。 啊，

3. 2 | 1 - | 2. 6 | 6 - | 55 61 | 2 2 3 | 1 - | 1 0 :‖
华 一， 华 一， 引领 我们 放 飞 梦 想！

5. 5 | 6 1 | 2 2 | 2 3 | 1 - | 1 - | 1 0 ‖
引 领 我 们 放 飞 梦 想！

我们的学校

1=♭B $\frac{2}{4}$

沈建华 词
沈建华 曲

阳光照，百花笑；鸟儿鸣叫，树儿轻摇；
红烛亮，书声琅；桃李芬芳，青春飞扬；

五星红旗迎风飘，欢歌笑语的校园，多么美妙。
雏鹰展翅，扬帆远航，文明勤奋坚强，祖国的希望。

啦啦啦啦啦，我们的学校，啦啦啦啦啦，多么美好
啦啦啦啦啦，我们的学校，啦啦啦啦啦，知识海洋

你是我们成功的摇篮，你是我们成功的荣耀，
你是我们成功的摇篮，你是我们快乐的天堂，

我们要为你自豪，努力学习，飞得更高。
我要为你歌唱，与你一同谱写辉

煌，与你一同谱写辉煌。

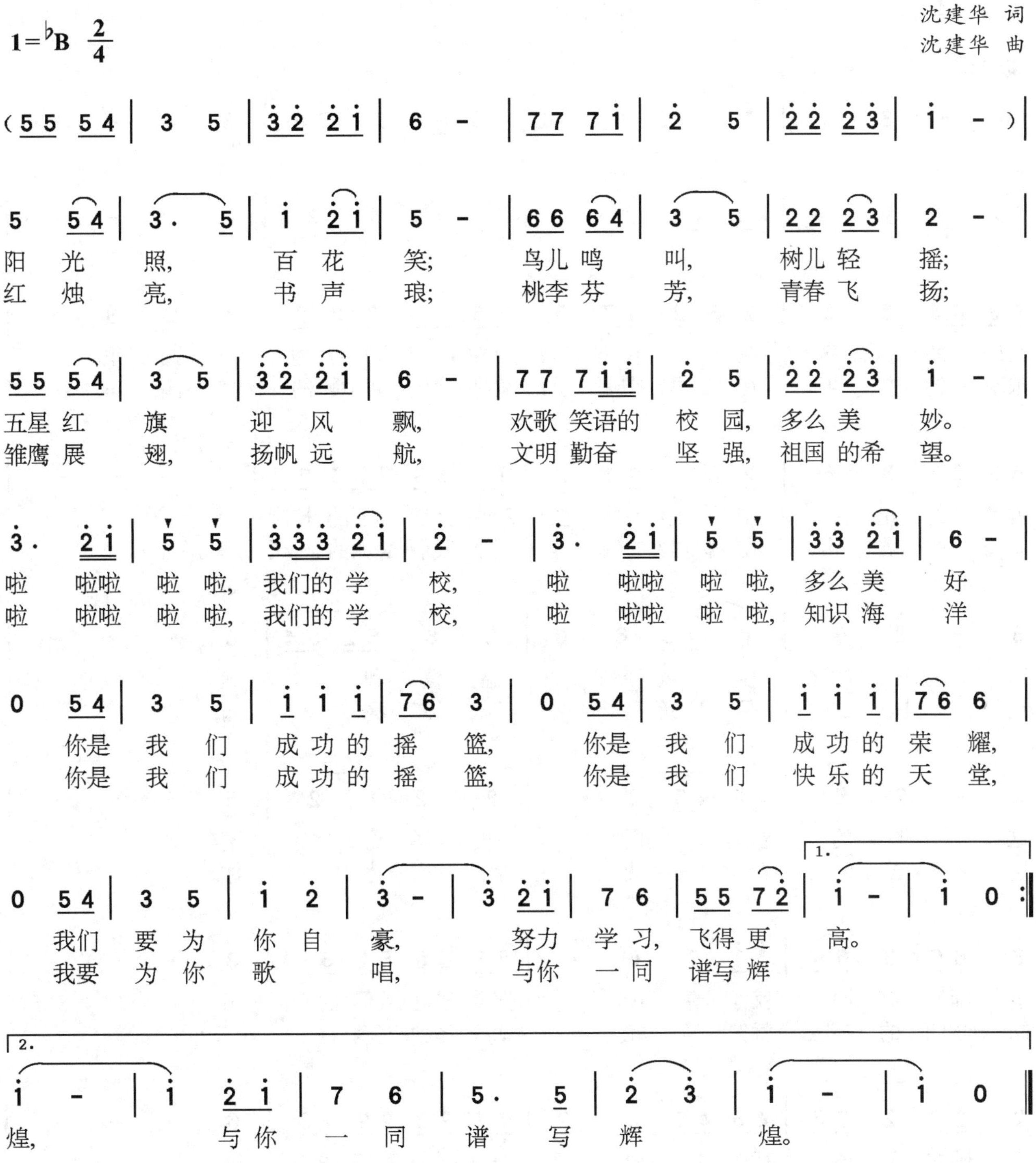

在哪里

1=C $\frac{4}{4}$

♩=120

赵向东 词
赵向东 曲

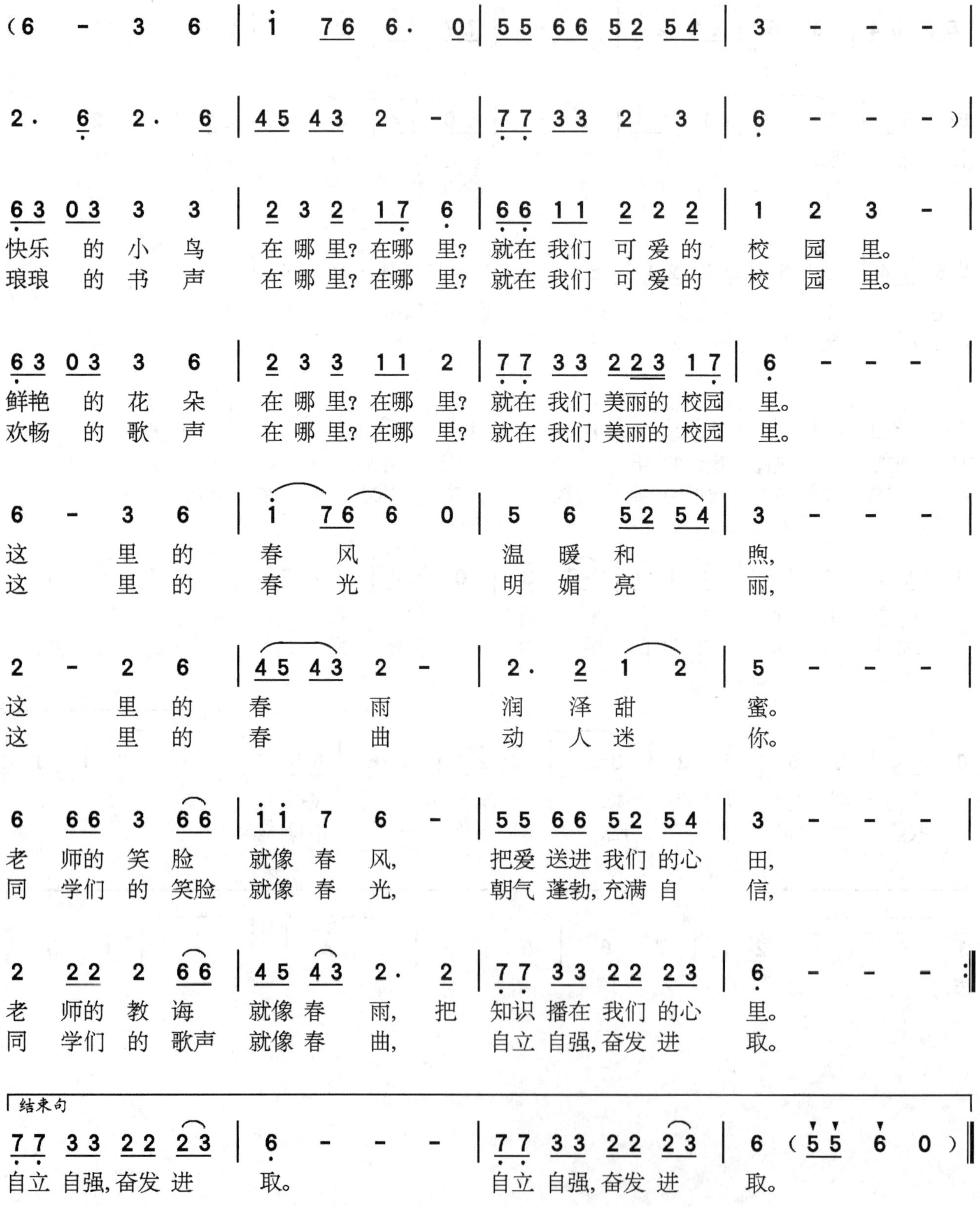

(6 - 3 6 | i 76 6· 0 | 55 66 52 54 | 3 - - - |

2· 6 2· 6 | 45 43 2 - | 77 33 2 3 | 6 - - -) |

63 03 3 3 | 2 3 2 17 6 | 66 11 2 2 2 | 1 2 3 - |
快乐 的 小 鸟 在 哪 里？在哪 里？就在 我们 可 爱 的 校 园 里。
琅琅 的 书 声 在 哪 里？在哪 里？就在 我们 可 爱 的 校 园 里。

63 03 3 6 | 2 3 3 11 2 | 77 33 223 17 | 6 - - - |
鲜艳 的 花 朵 在 哪 里？在哪 里？就在 我们 美丽的 校园 里。
欢畅 的 歌 声 在 哪 里？在哪 里？就在 我们 美丽的 校园 里。

6 - 3 6 | i 76 6 0 | 5 6 52 54 | 3 - - - |
这 里 的 春 风 温 暖 和 煦，
这 里 的 春 光 明 媚 亮 丽，

2 - 2 6 | 45 43 2 - | 2· 2 1 2 | 5 - - - |
这 里 的 春 雨 润 泽 甜 蜜。
这 里 的 春 曲 动 人 迷 你。

6 66 3 66 | ii 7 6 - | 55 66 52 54 | 3 - - - |
老 师的 笑 脸 就像 春 风， 把爱 送进 我们 的心 田，
同 学们 的 笑脸 就像 春 光， 朝气 蓬勃，充满 自 信，

2 22 2 66 | 45 43 2· 2 | 77 33 22 23 | 6 - - - :||
老 师的 教 诲 就像 春 雨，把 知识 播在 我们 的心 里。
同 学们 的 歌声 就像 春 曲， 自立 自强，奋发 进 取。

结束句

77 33 22 23 | 6 - - - | 77 33 22 23 | 6 (55 6 0) ||
自立 自强，奋发 进 取。 自立 自强，奋发 进 取。

都讲礼貌

1=G $\frac{2}{4}$

风趣地

林 蓝 词
沈建华 曲

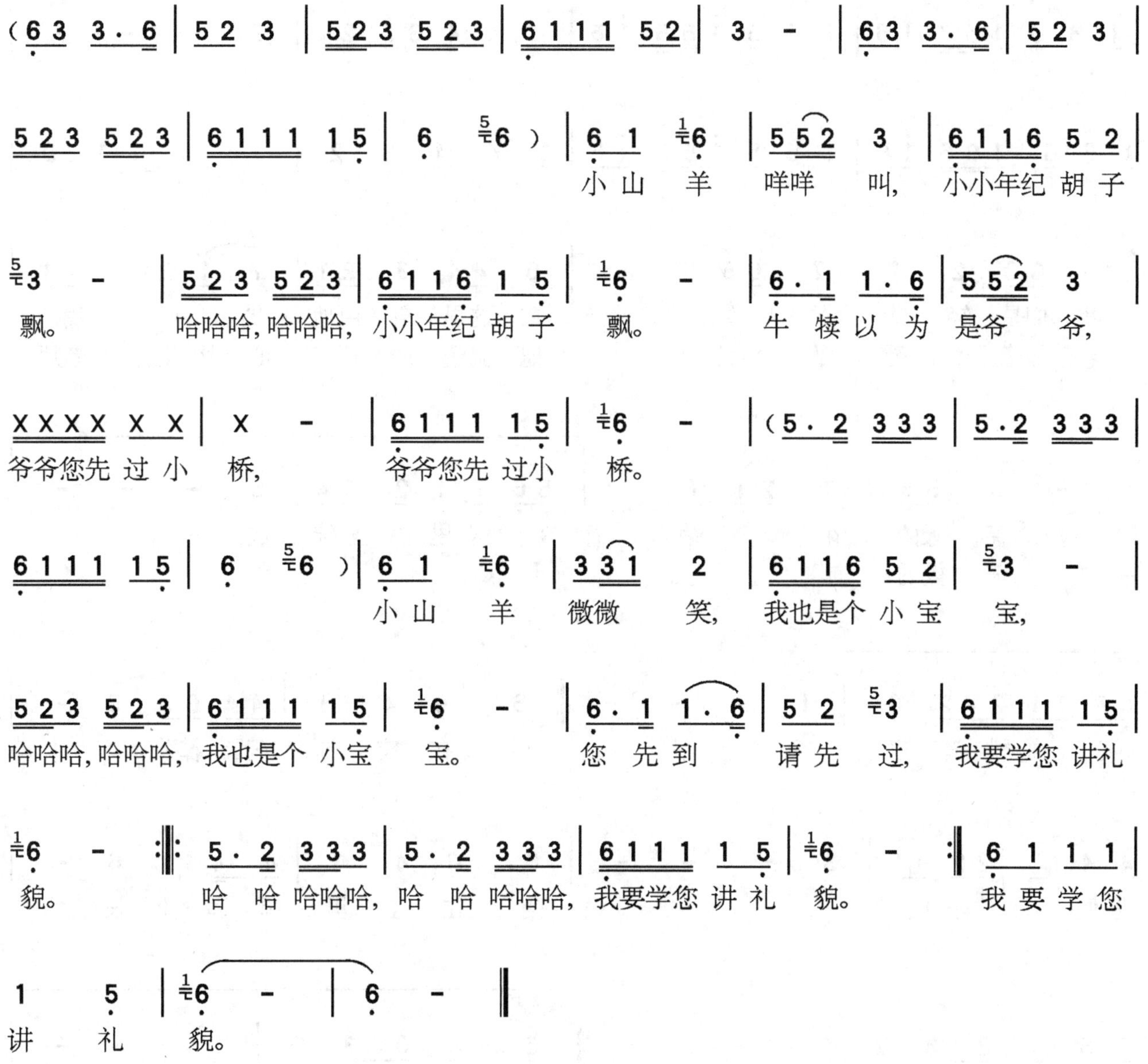

小山羊咩咩叫，小小年纪胡子飘。哈哈哈，哈哈哈，小小年纪胡子飘。牛犊以为是爷爷，爷爷您先过小桥，爷爷您先过小桥。

小山羊微微笑，我也是个小宝宝，哈哈哈，哈哈哈，我也是个小宝宝。您先到请先过，我要学您讲礼貌。哈哈哈哈哈，哈哈哈哈哈，我要学您讲礼貌。我要学您讲礼貌。

爱在校园

1=♭E $\frac{4}{4}$

♩=112

赵向东 词
赵向东 曲

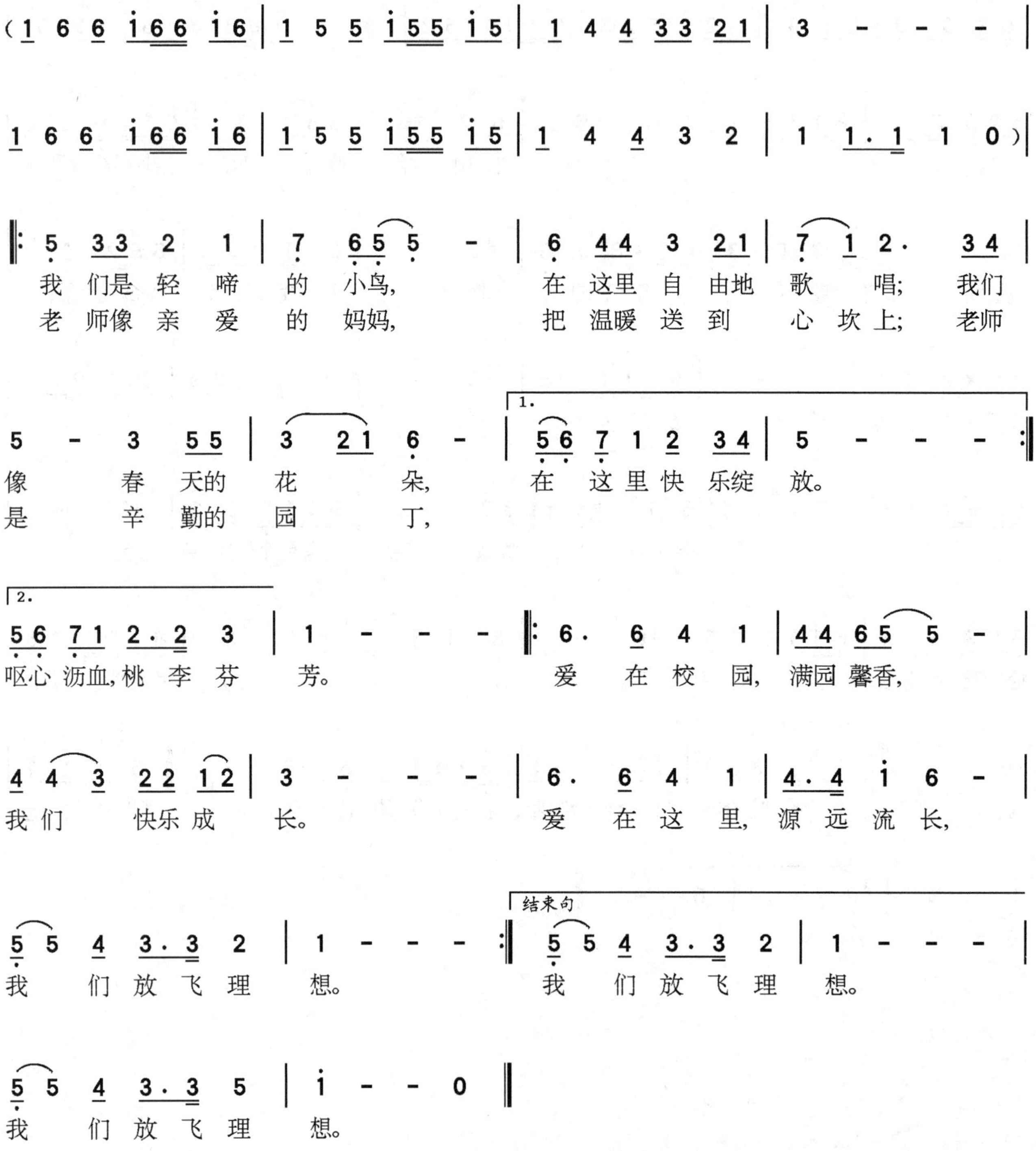

我们是轻啼的小鸟，在这里自由地歌唱；我们像春天的花朵，在这里快乐绽放。

老师像亲爱的妈妈，把温暖送到心坎上；老师是辛勤的园丁，呕心沥血，桃李芬芳。

爱在校园，满园馨香，我们快乐成长。爱在这里，源远流长，我们放飞理想。

结束句

我们放飞理想。我们放飞理想。

从这里起航

——安陆市洑水镇初级中学校歌

1=E $\frac{2}{4}$

♩=96

集　体　词
赵向东　曲

青山脚下涢水旁，
书声琅琅笑声扬，

可爱的校园淋浴着阳光。洑水中学，美丽的地方，山清
歌声在校园飘荡。洑水中学，我们爱你，我们

水秀，桃李芬芳。操场上留下我们矫健的身影，
树立远大志向。成长中展开我们渐丰的翅膀，

松林间洒下我们欢乐的笑声，花园中我们尽情嬉戏，
学海中荡起我们智慧的双桨，征程上我们奋力拼搏，

同享雨露阳光。我们文明，我们博爱，我们
遨游知识海洋。我们勤奋，我们守纪，我们

阳光，我们进取，我们在你的怀抱里成长，时刻编织
求真，我们创新，我们从你的港湾起航，时刻准备

心中七彩的梦想。海洋。
驶向浩瀚的

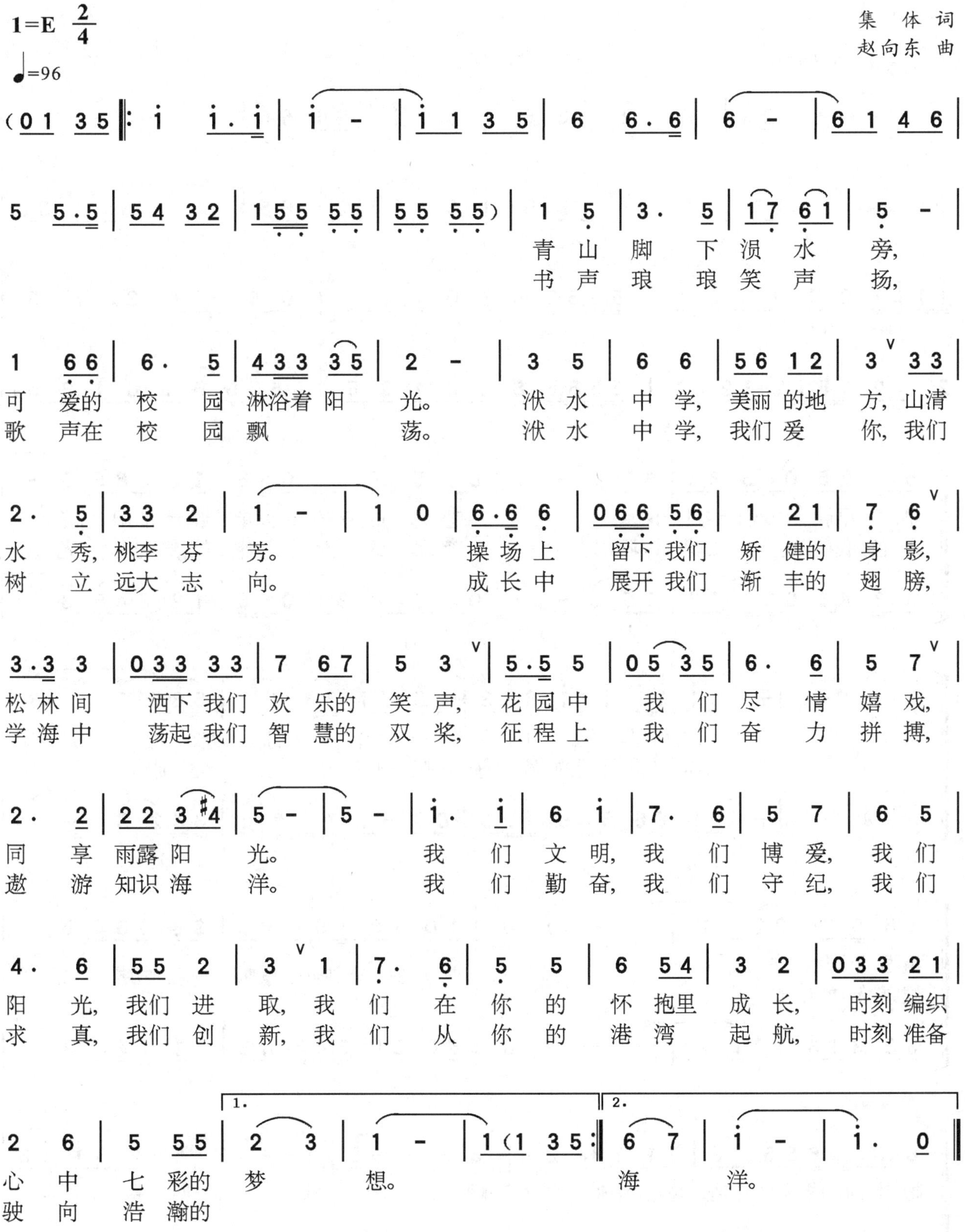

爱，温暖着我们心房

1=♭E $\frac{4}{4}$

稍快 自豪、深情地

夏建民 词

邓小峰 唐志远 曲

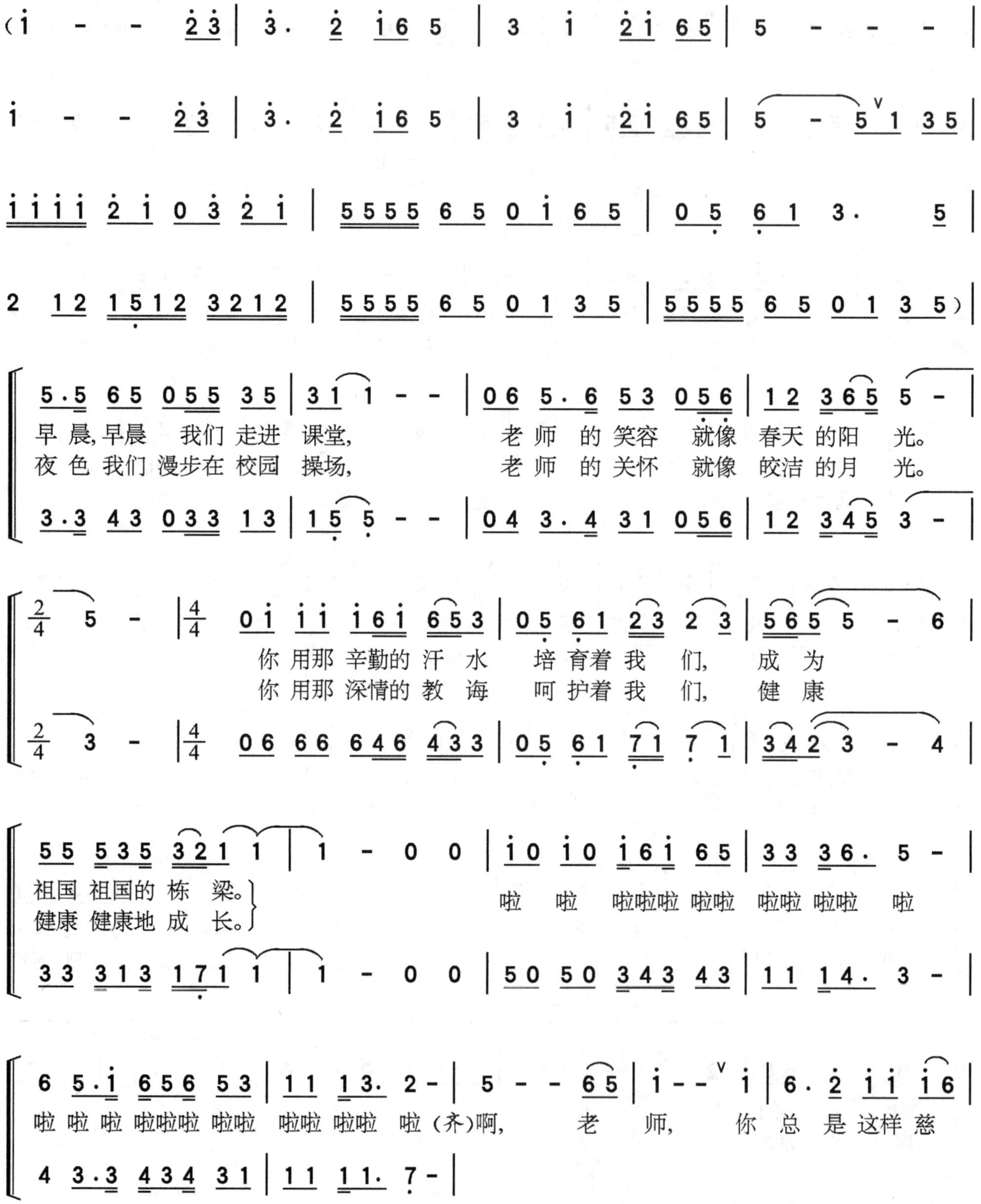

早晨,早晨 我们 走进 课堂, 老师 的 笑容 就像 春天 的阳 光。

夜色 我们 漫步在 校园 操场, 老师 的 关怀 就像 皎洁 的月 光。

你 用那 辛勤的 汗 水 培 育着 我 们, 成 为

你 用那 深情的 教 诲 呵 护着 我 们, 健 康

祖国 祖国的 栋 梁。

健康 健康地 成 长。

啦 啦 啦啦啦 啦啦 啦啦 啦啦 啦

啦 啦 啦 啦啦啦 啦啦 啦啦 啦啦 啦 (齐)啊, 老 师, 你 总 是 这样 慈

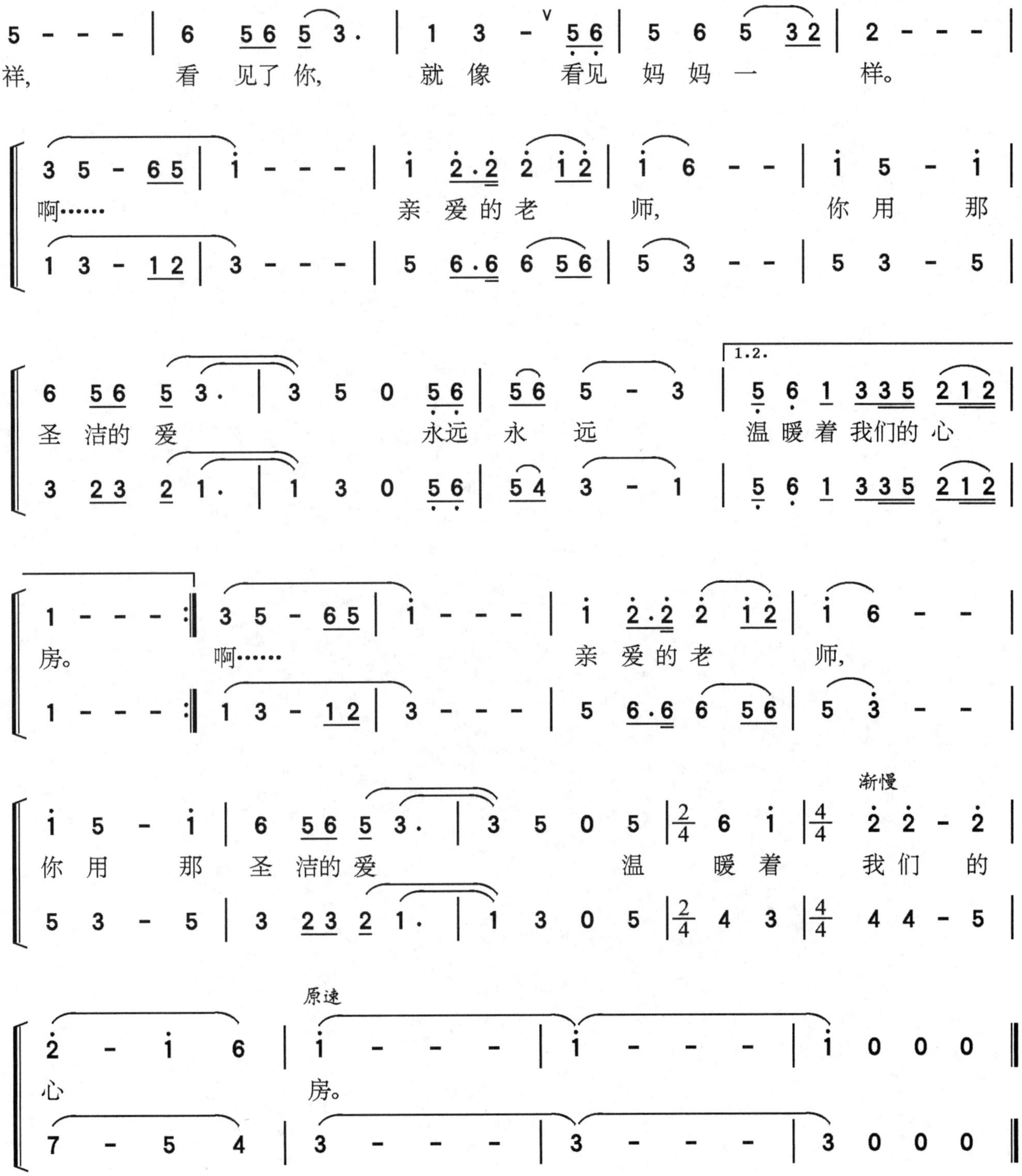

祥, 看 见了 你, 就 像 看见 妈 妈 一 样。

啊…… 亲 爱 的 老 师, 你 用 那

圣 洁的 爱 永远 永 远

1.2.

温 暖 着 我们的 心

房。 啊…… 亲 爱 的 老 师,

渐慢

你 用 那 圣 洁的 爱 温 暖 着 我 们 的

原速

心 房。

逆风之爱

NIFENG
ZHI AI

逆行之光

万传武 词
余承鸿 曲

1=F $\frac{4}{4}$

33 03 21 023 | 5555 03 65 055 | 6 0 4444 3432 | 2 - - 0 |
当一 阵寒流 袭扰 这个城市 的胸膛，原谅 我 不辞而别 奔赴战场。

33 03 21 023 | 5555 03 71 055 | 6 0 6716 6765 | 5 - - 0 |
当一 股风暴 席卷 碧波涢水 的河床，我必 须 离开家人 面对恐慌。

5 5 56 5 - | 3 3 21 1 055 | 6 6. 6 6523 | 3 - - 0 |
一袭白 衣 犹如战 袍，伴我 逆行 决胜疆场。

3 5 76 6 - | 6 6 65 5 055 | 6 1. 1 3212 | 2 - - 05 |
一腔热 血 给我力 量，使命 在身 绝不彷徨。 哦，

1.
3 3 21 5 - | 2 2 23 6 - | 44 56 7 7 65 | 5 - - - |
白衣天 使，傲雪凌 霜，逆行 之光，寒梅绽 放。

3 2 21 1 - | 21 2.3 3 055 | 6 1. 11 321 | 1 - - - :||
安陆加 油，旗帜飞 扬，我是 逆行 中那一道 光。

2.
||: 3 3 21 5 - | 2 2 23 6 - | 44 56 7 7 65 | 5 - - - |
白衣天 使，拥抱太 阳，逆行 之光，爱的力 量。

3 3 21 1 - | 21 2.3 3 055 | 6 1. 11 321 | 1. 1 - - - :||
安陆加 油，旗帜飞 扬，我是 逆行 中那一道 光。

2.
1 - - 055 | 6 1. 11 321 | 1 - - - | 1 - - 0 ||
rit.
光。我是 逆行 中那一道 光。

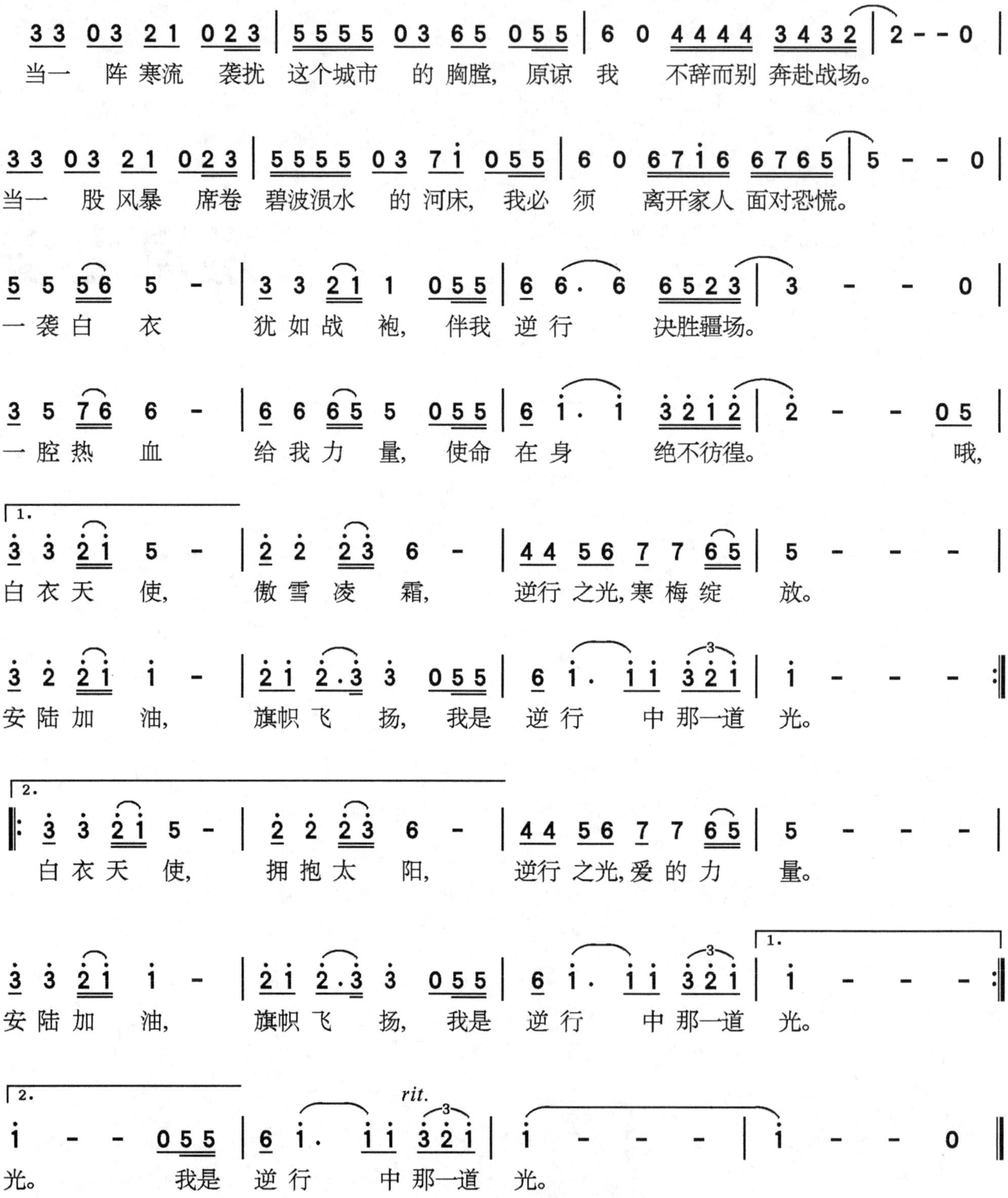

我们在一起

王国平 词
王国平 曲

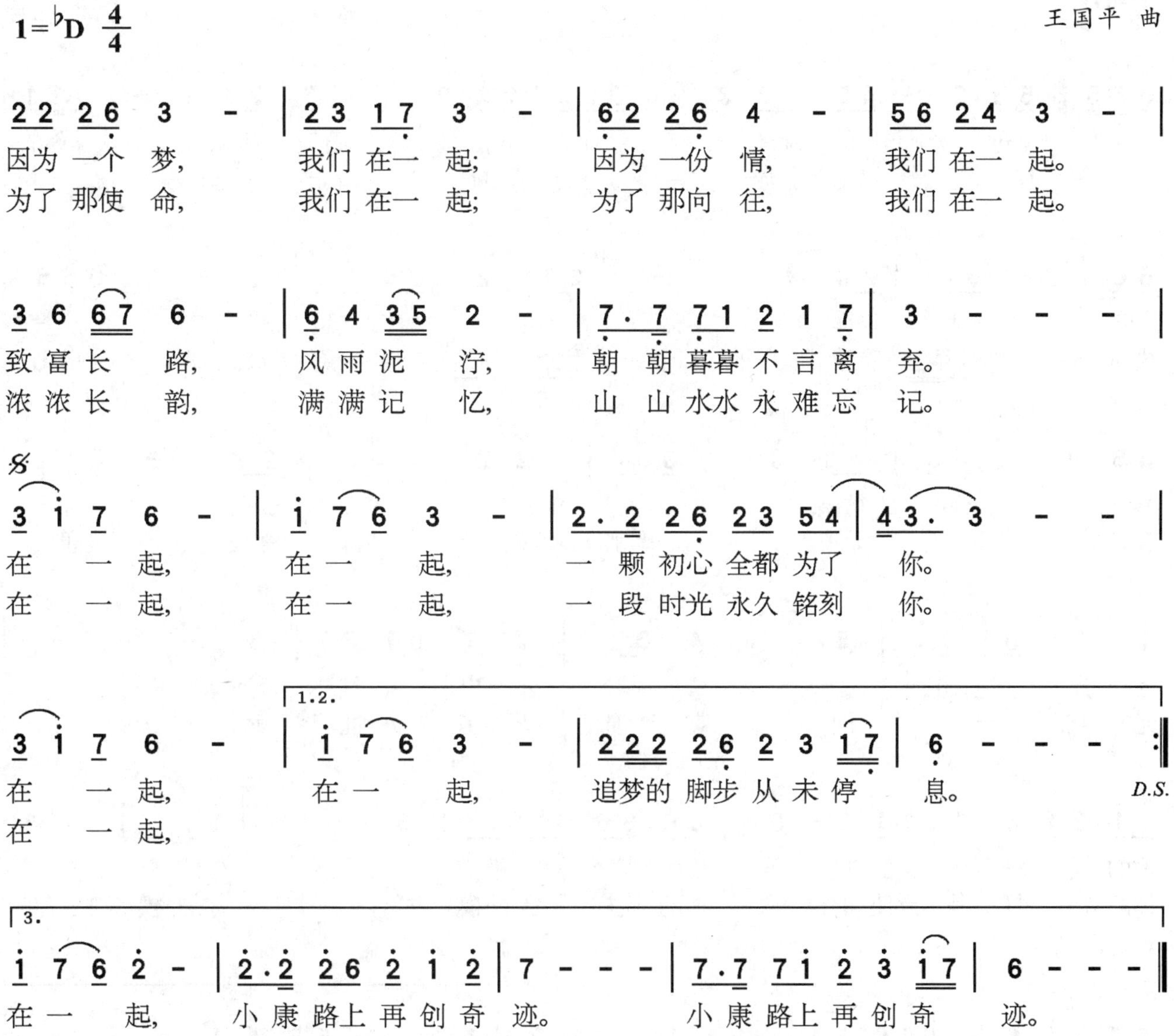

1=♭D 4/4

因为一个 梦，我们 在一 起；因为 一份 情，我们 在一 起。
为了 那使 命，我们 在一 起；为了 那向 往，我们 在一 起。

致富长 路，风雨泥 泞，朝朝暮暮不言离 弃。
浓浓长 韵，满满记 忆，山山水水永难忘 记。

𝄋

在 一 起，在一 起，一 颗 初心 全都 为了 你。
在 一 起，在一 起，一 段 时光 永久 铭刻 你。

1.2.

在 一 起，在一 起，追梦的 脚步 从 未 停 息。 *D.S.*
在 一 起，

3.

在一 起，小 康 路上 再 创 奇 迹。小 康 路上 再 创 奇 迹。

你的模样

王国平　万传武 词
余承鸿 曲

1=D $\frac{4}{4}$

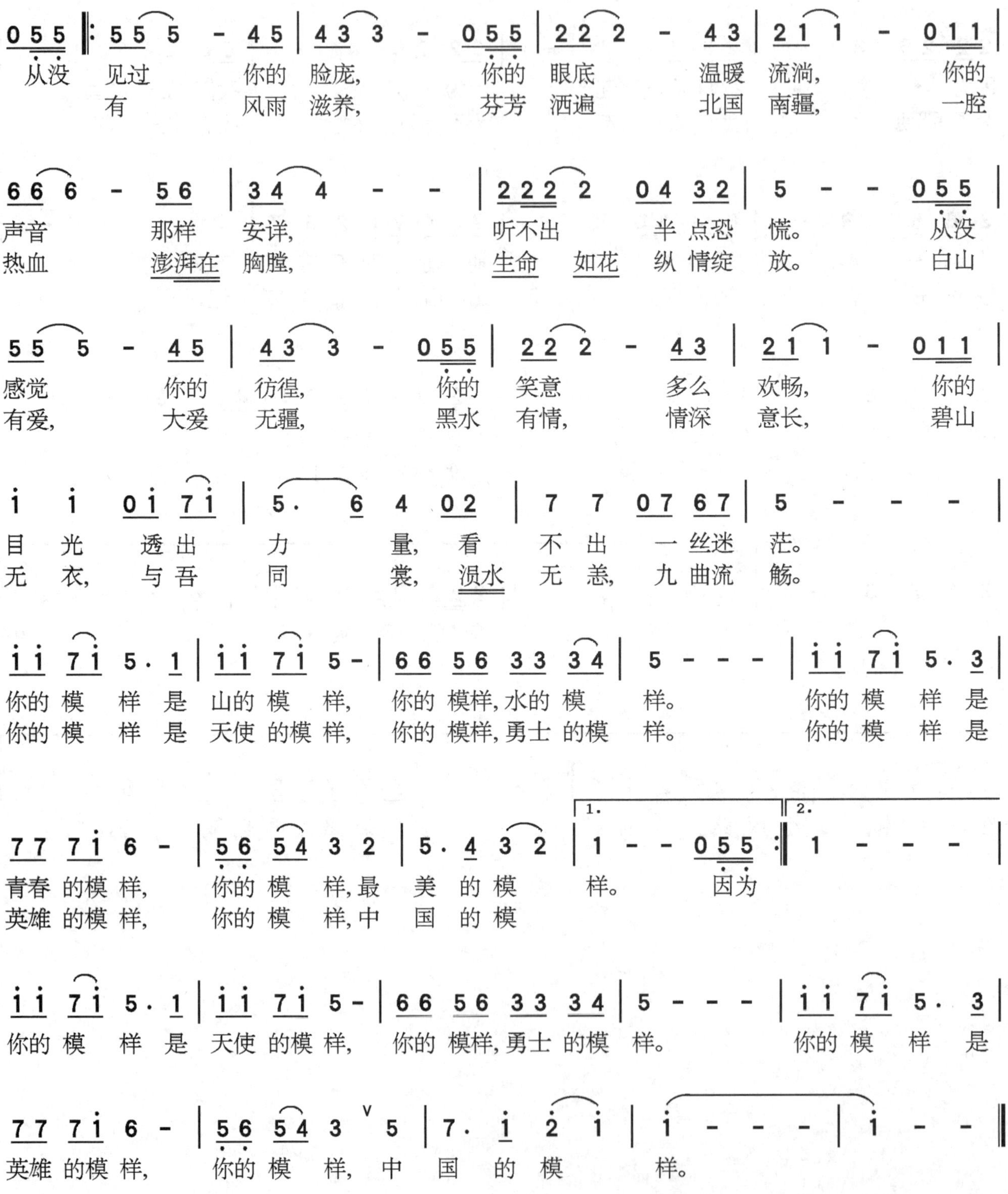

0 5 5 |: 5 5 5 - 4 5 | 4 3 3 - 0 5 5 | 2 2 2 - 4 3 | 2 1 1 - 0 1 1 |
从没 见过 你的 脸庞, 你的 眼底 温暖 流淌, 你的
有 风雨 滋养, 芬芳 洒遍 北国 南疆, 一腔

6 6 6 - 5 6 | 3 4 4 - - | 2 2 2 2 0 4 3 2 | 5 - - 0 5 5 |
声音 那样 安详, 听不出 半 点恐 慌。 从没
热血 澎湃在 胸膛, 生命 如花 纵 情绽 放。 白山

5 5 5 - 4 5 | 4 3 3 - 0 5 5 | 2 2 2 - 4 3 | 2 1 1 - 0 1 1 |
感觉 你的 彷徨, 你的 笑意 多么 欢畅, 你的
有爱, 大爱 无疆, 黑水 有情, 情深 意长, 碧山

1 1 0 1 7 1 | 5. 6 4 0 2 | 7 7 0 7 6 7 | 5 - - - |
目 光 透 出 力 量, 看 不 出 一 丝迷 茫。
无 衣, 与 吾 同 裳, 涢水 无 恙, 九 曲流 觞。

1 1 7 1 5. 1 | 1 1 7 1 5 - | 6 6 5 6 3 3 3 4 | 5 - - - | 1 1 7 1 5. 3 |
你的 模 样 是 山的 模 样, 你的 模样, 水的 模 样。 你的 模 样 是
你的 模 样 是 天使 的模 样, 你的 模样, 勇士 的模 样。 你的 模 样 是

7 7 7 1 6 - | 5 6 5 4 3 2 | 5. 4 3 2 |[1.] 1 - - 0 5 5 :||[2.] 1 - - - |
青春 的模 样, 你的 模 样, 最 美 的 模 样。 因为
英雄 的模 样, 你的 模 样, 中 国 的 模

1 1 7 1 5. 1 | 1 1 7 1 5 - | 6 6 5 6 3 3 3 4 | 5 - - - | 1 1 7 1 5. 3 |
你的 模 样 是 天使 的模 样, 你的 模样, 勇士 的模 样。 你的 模 样 是

7 7 7 1 6 - | 5 6 5 4 3 V 5 | 7. 1 2 1 | 1 - - - | 1 - - ||
英雄 的模 样, 你的 模 样, 中 国 的 模 样。

等你回家

1=G $\frac{4}{4}$ $\frac{2}{4}$

王国平 词
王国平 曲

念白：亲爱的人啊，家有你的儿女，家有你的爸妈，家有你的亲人，他们都在等你平安回家！

你用 逆行 的足 迹 踏出 坚定 的步 伐，你用 忙碌 的双 手 抚出
你用 苍白 的脸 庞 绽出 亮丽 的春 花，你用 疲惫 的身 影 塑出

最美 的芳 华，你用 含笑 的泪 光 编出 动人 的情 话。不忘
高耸 的灯 塔，你用 铿锵 的誓 言 宣出 澎湃 的诗 画。不负

初心，不辱使命，山河 无恙，天佑中华。你是 谁的儿女？你是
时代，不负韶华，人间 有情，爱满华夏。家有 你的儿女，家有

谁的爸妈？你是谁的亲人？谁是你的牵挂？你用 家的牵挂！
你的爸妈。家有你的亲人，你有

等你回 家，等你回家。亲爱的人 啊，等你平安回家，等你回 家，

等你回家。可爱的人 啊，等你凯歌回家。凯歌回家。

等你回 家，等你回 家。共克 时 艰，同建 我们美好的国 和 家。

名家名作

MINGJIA
MINGZUO

赶 秧 雀

（童声合唱）

1=C $\frac{2}{4}$

风趣、欢快地

佟文西 词
邓小峰 曲

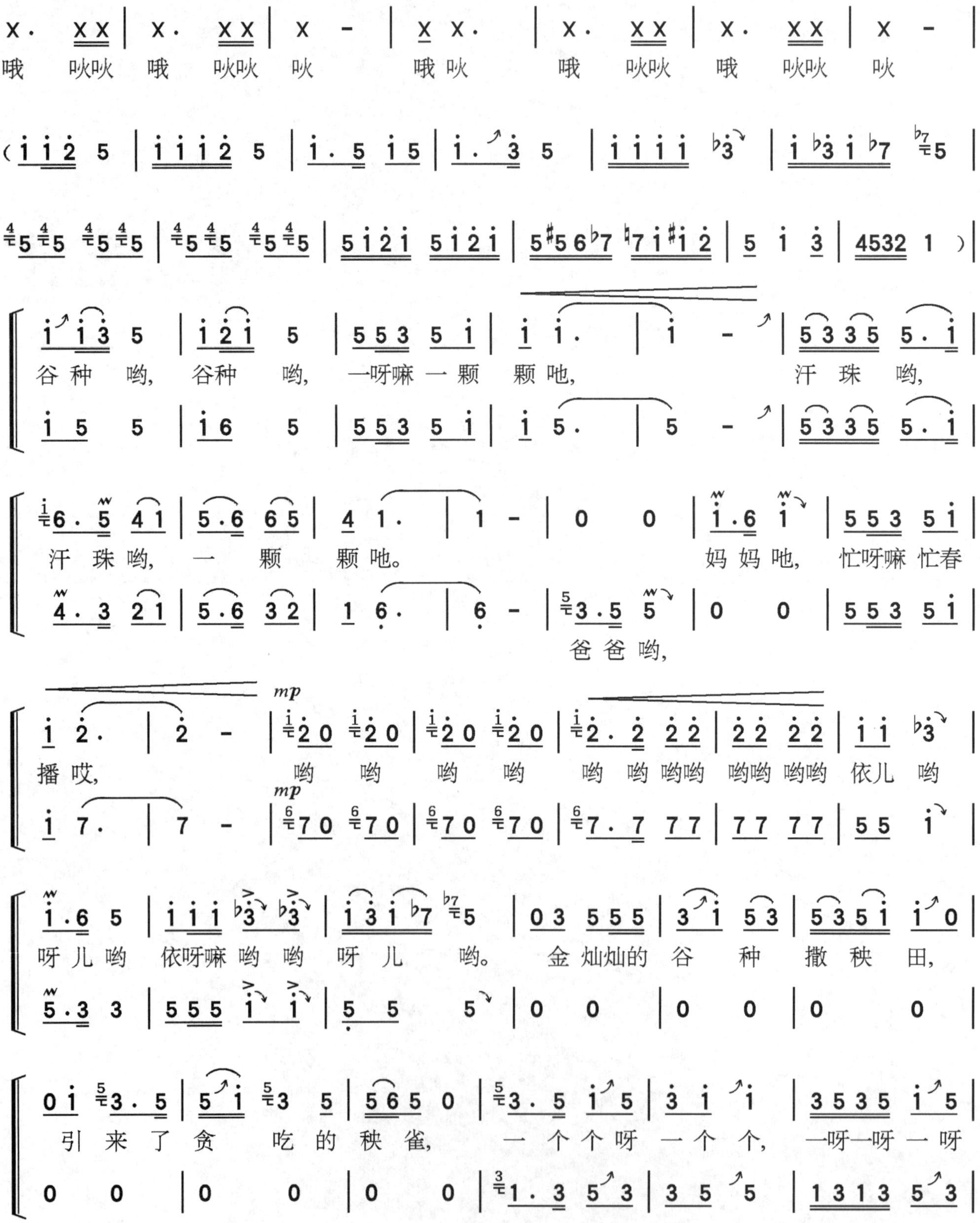
哦 吙吙 哦 吙吙 吙 哦 吙 哦 吙吙 哦 吙吙 吙
谷种 哟, 谷种 哟, 一呀嘛一颗 颗 吔, 汗珠 哟,
汗珠哟, 一 颗 颗吔。 妈妈吔, 忙呀嘛 忙春
爸爸哟,
mp
播哎, 哟 哟 哟 哟 哟 哟 哟哟 哟哟 哟哟 依儿 哟
mp
呀儿哟 依呀嘛 哟 哟 呀 儿 哟。 金 灿灿的 谷 种 撒 秧 田,
引 来 了 贪 吃 的 秧 雀, 一 个 个 呀 一 个 个, 一呀一呀 一 呀

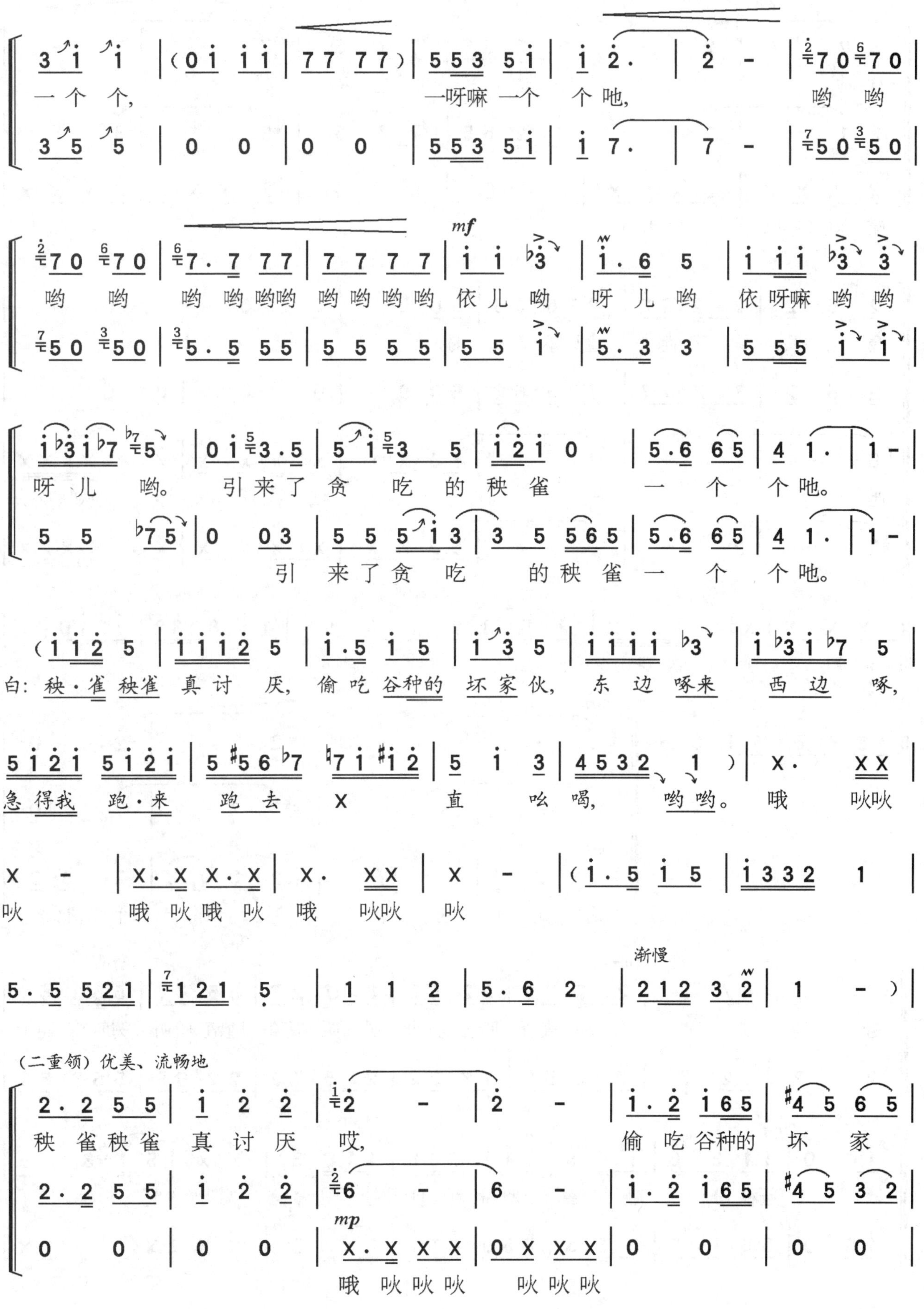

一个 个，一呀嘛 一个 个吔，哟 哟

哟 哟 哟 哟哟哟 哟哟哟哟 依儿 呦 呀儿 哟 依呀嘛 哟 哟

mf

呀儿 哟。引来了 贪 吃 的秧 雀 一 个 个吔。

引 来了贪 吃 的秧 雀 一 个 个吔。

白：秧·雀秧雀 真 讨 厌，偷 吃 谷种的 坏 家 伙，东 边 啄来 西 边 啄，

急 得我 跑·来 跑 去 X 直 吆 喝，哟 哟。哦 吙吙

吙 哦 吙 哦 吙 哦 吙吙 吙

渐慢

（二重领）优美、流畅地

秧 雀秧 雀 真 讨 厌 哎，偷 吃 谷种的 坏 家

mp

哦 吙 吙 吙 吙 吙 吙

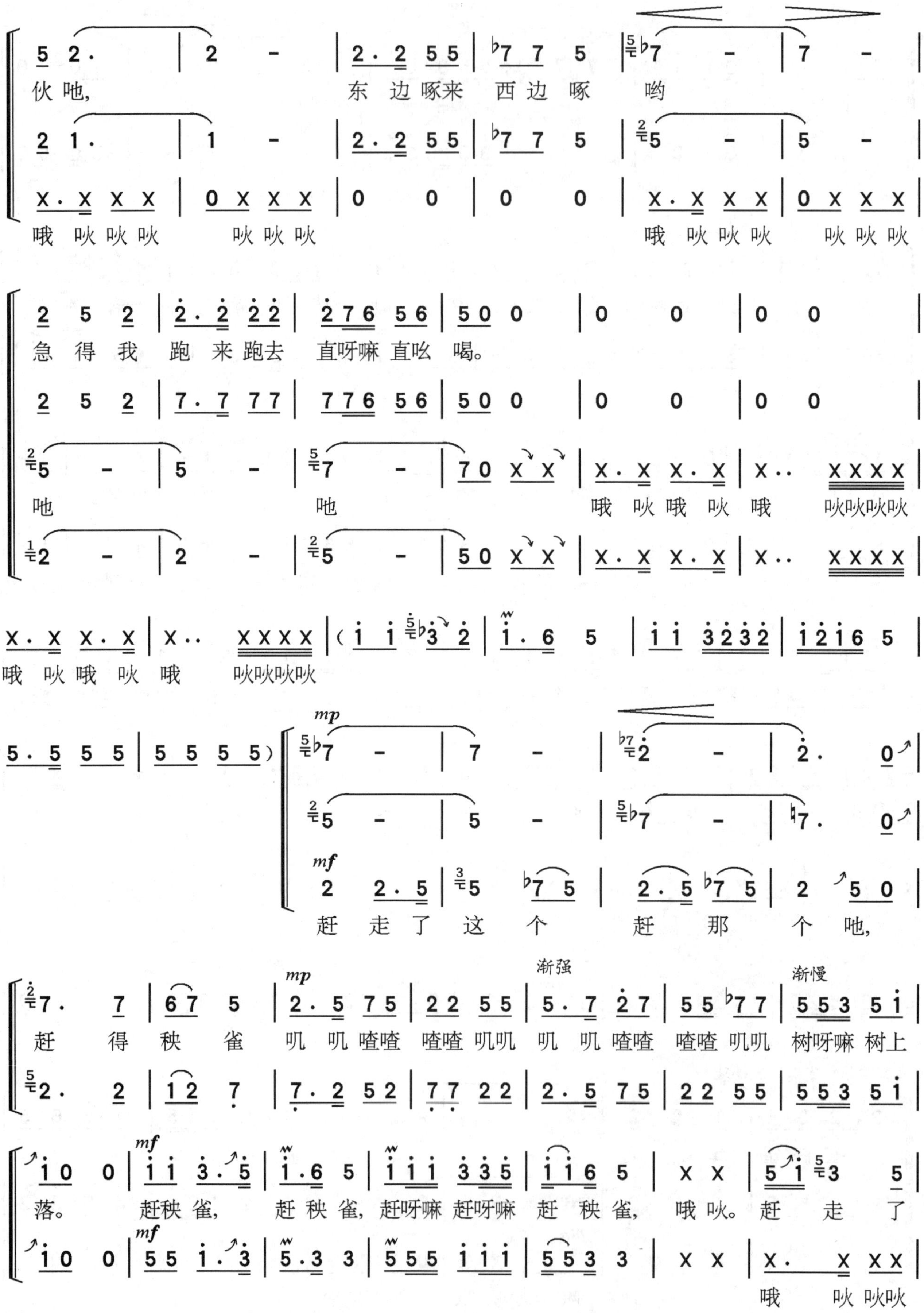

伙吔，东边啄来 西边啄 哟

哦 吙吙吙 吙吙吙 哦 吙吙吙 吙吙吙

急得我跑来跑去 直呀嘛直吆喝。

吔 吔 哦 吙哦 吙 哦 吙吙吙吙

哦 吙哦 吙 哦 吙吙吙吙

mp *mf*

赶走了这个 赶那个吔，

渐强 渐慢

赶得秧雀 叽叽喳喳 喳喳叽叽 叽叽喳喳 喳喳叽叽 树呀嘛树上

mf

落。赶秧雀，赶秧雀，赶呀嘛赶呀嘛 赶秧雀，哦吙。赶走了

哦 吙吙吙

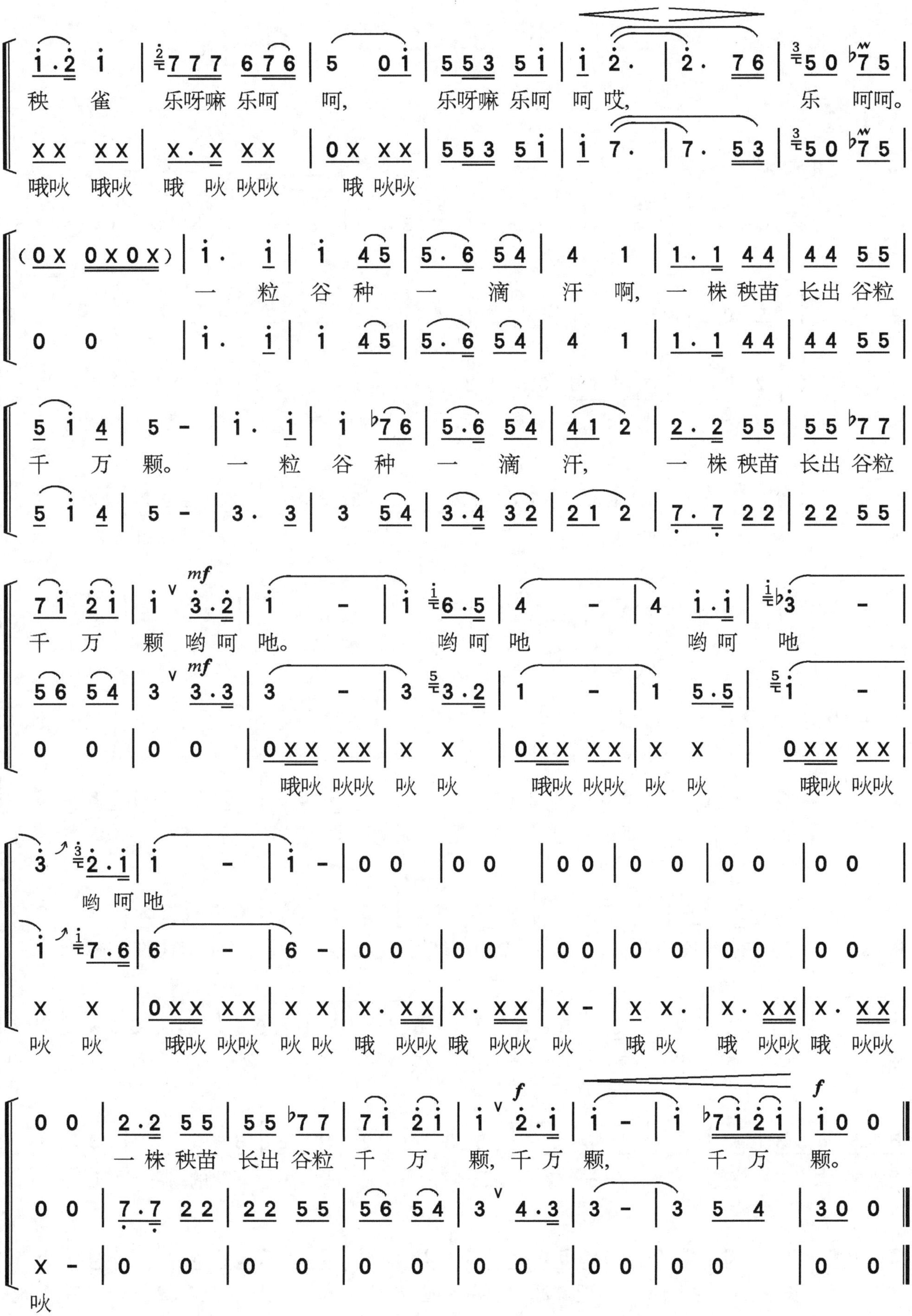

秧　雀　乐呀嘛 乐呵　呵，　乐呀嘛 乐呵　呵 哎，　乐　呵呵。

哦吹　哦吹　哦　吹 吹吹　哦 吹吹

一　粒　谷　种　一　滴　汗　啊，一 株 秧苗　长出 谷粒

千　万　颗。　一　粒　谷　种　一　滴　汗，　一 株 秧苗　长出 谷粒

千　万　颗 哟 呵　吔。　哟 呵　吔　哟 呵　吔

哦吹 吹吹　吹　吹　哦吹 吹吹　吹　吹　哦吹 吹吹

哟 呵 吔

吹　吹　哦吹 吹吹　吹 吹　哦　吹吹 哦　吹吹　吹　哦 吹　哦　吹吹 哦　吹吹

一 株 秧苗　长出 谷粒　千　万　颗，千 万　颗，　千　万　颗。

吹

长江之恋

1=F $\frac{2}{4}$

♩=66 深情诉说地

佟文西 词
王立东 曲

f

激 流 里的 号 子 不 知喊了 多少 年，响 巍 巍的 总 绕 在 我的 心

尖。老 码 头的 照 片 不 知看了 多少 遍，苍 凉凉的 总 牵

动 我 的 视 线。

♩=71

千 年 的 江 涛 诉说着 多少 梦 圆，那 是 中华 情 浓缩在 清流

里 面，还 有 雪浪 花，已化作 灯火 点 点，新 时代的 梦

想 正 壮 丽 万 里 江 天。为 长 江 放 歌

无需要 太多的 诗 篇，游 一 游 三 峡，感 受 她 幸福的 容 颜；

为 长 江 抒 怀 无需要 太多的 画 卷，逛 一 逛 江 城，唱 响她

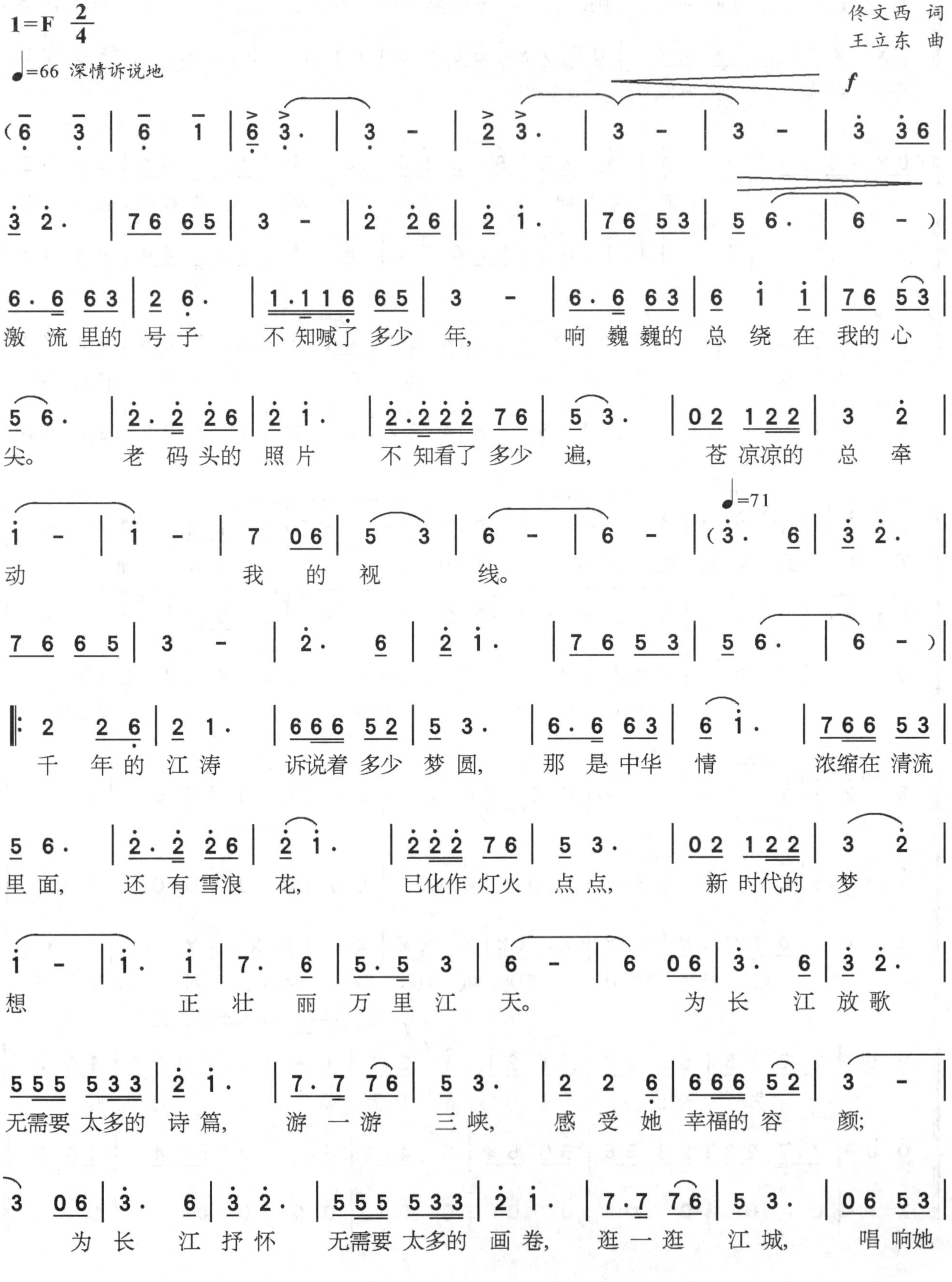

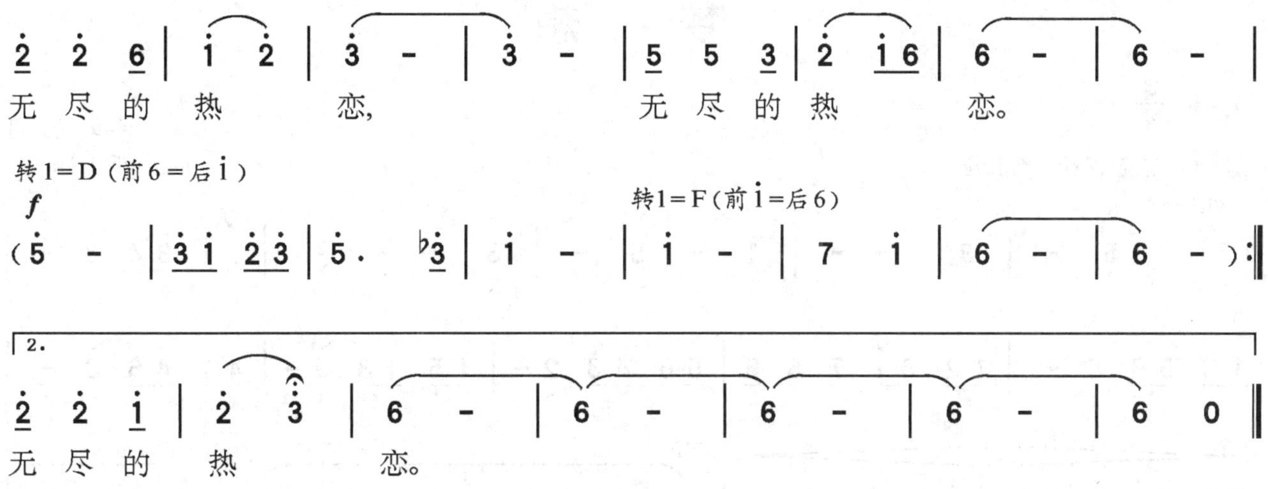

2 2 6 | 1 2 | 3 - | 3 - | 5 5 3 | 2 1 6 | 6 - | 6 - |

无 尽 的 热 恋, 无 尽 的 热 恋。

转 1=D（前 6=后 1）

f

（5 - | 3 1 2 3 | 5. ♭3 | 1 - | 1 - | 7 1 | 6 - | 6 - ）:‖

转 1=F（前 1=后 6）

2.

2 2 1 | 2 3 | 6 - | 6 - | 6 - | 6 - | 6 0 ‖

无 尽 的 热 恋。

梦 想

1=F $\frac{4}{4}$

佟文西 词
邓小峰 曲

♩=84 稍慢 深情、向往地

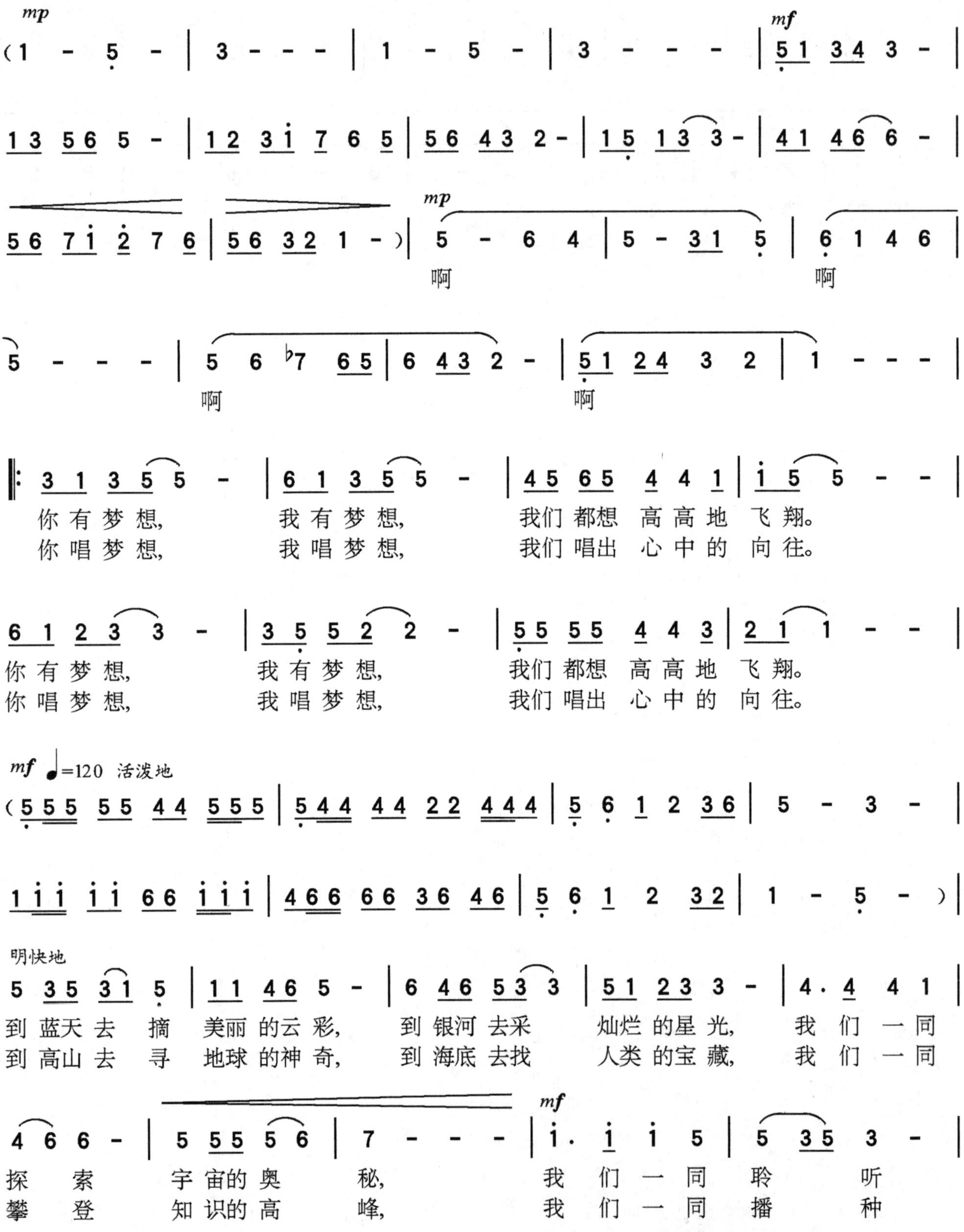
mp
mf
mp
啊
啊
啊
啊
你有梦想，我有梦想，我们都想高高地飞翔。
你唱梦想，我唱梦想，我们唱出心中的向往。
你有梦想，我有梦想，我们都想高高地飞翔。
你唱梦想，我唱梦想，我们唱出心中的向往。
mf ♩=120 活泼地
明快地
到蓝天去摘美丽的云彩，到银河去采灿烂的星光，我们一同
到高山去寻地球的神奇，到海底去找人类的宝藏，我们一同
探索宇宙的奥秘，我们一同聆听
攀登知识的高峰，我们一同播种
mf

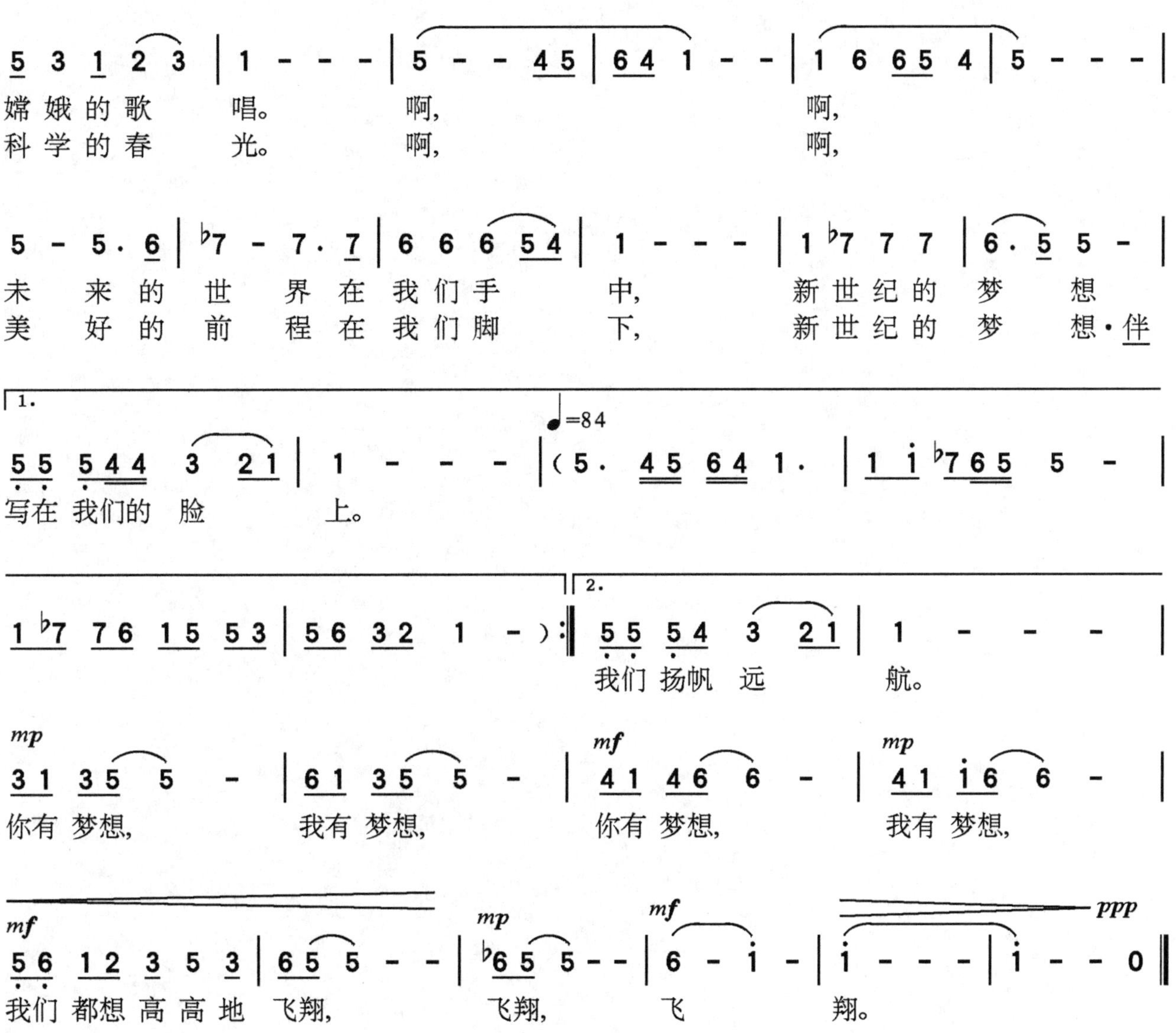
嫦娥的歌 唱。 啊, 啊,
科学的春 光。 啊, 啊,
未 来的 世 界在我们手 中, 新世纪的 梦 想
美 好的 前 程在我们脚 下, 新世纪的 梦 想·伴
1.
♩=84
写在 我们的 脸 上。
2.
我们 扬帆 远 航。
mp
mf
你有 梦想, 我有 梦想, 你有 梦想, 我有 梦想,
ppp
我们 都想 高 高 地 飞翔, 飞翔, 飞 翔。

词苑芬芳

CIYUAN
FENFANG

佟文西

风雨过后，又见彩虹

在生命的行程里，
有阳光也有风雨。
在人生的冷暖里，
有欢乐也有悲泣。

当阳光灿烂时，
我们充满生命活力。
当风雨来临时，
我们塑造生命的美丽。

当欢乐围绕时，
我们歌唱生活甜蜜。
当悲泣来临时，
我们创造生命的奇迹。

沐浴阳光，走过风雨，
踏平坎坷，人生更壮丽。
奔向欢乐，战胜悲泣，
风雨过后，又见彩虹。

江南梦

烟雨轻风，诗意朦胧，
莺啼杨柳浪，蝶飞田园中。
谁家丝竹，月下叮咚，
桨声乱灯影，摇来一乌篷。

名门寻踪，古镇难逢，
廊桥倩影动，春水暖心胸。
谁家霓裳，风情万种，
描龙又绣凤，笑面桃花红。

老街燕呢喃，石巷敲晚钟，
酒茶香花窗，吴语情爱浓，
青花说明清，戏台演唐宋，
祭祖一炷香，管弦纯民风。

水墨画牧童，雨荷映彩虹，
丹青绘渔翁，粉墙挂灯笼。
油纸伞下谁歌咏，天堂乐融融。
亲亲一曲茉莉花，醉我江南梦。

莲花心灯

谁燃我心灯，
宛如莲花纯。
智慧为脉，善念一生，
致爱悄无声。

助铁鸟升空，
催铜马奔腾。
浩浩宇宙，朗朗乾坤，
万象皆佛神。

洁永世莲花，
亮万代心灯。
生命之香，至清至醇，
感恩无俗尘。

美丽中国，我爱你

我用海一般的深情来唱你，
唱不尽你那无限风光的美丽。
我用山一样的挚爱来画你，
画不完你那天堂般的美丽。

你拥有的美丽是情是爱，
天天都美丽在我的心里。
你的美丽是歌是蜜，
天天美丽在我的好梦里。

美丽的中国，
我爱你我爱你，
日新月异，繁荣新崛起，
美丽中国，美丽中国，
我爱你，我爱你，
花开遍地，奋斗创奇迹，
民族团结，生活富裕。
我爱你，我爱你，
美丽中国，越来越美丽，
复兴路上走出，人间传奇。
我爱你，我爱你，
美丽中国，越来越美丽。

大爱无疆，让世界美丽，
让世界美丽，让世界美丽，
让世界美丽。

山水十八弯

山有十八弯，弯弯路来盘，
前弯弯上天，后弯山脚前。
左弯是林海，右弯见田园，
弯过村村寨寨，弯弯都好看。

水有十八弯，弯弯水如蓝，
飞瀑映笑颜，鸟鸣转眼间。
一路歌声欢，两岸停游船，
最是天从人愿，山水总相恋。

新茶杯杯香，老酒碗碗甜，
摆上农家宴，谁不喜连连。
采摘不嫌多，品鲜尝不厌，
爱上山水十八弯，群舞庆丰年。

山水十八弯，情歌好浪漫，
唱出新梦幻，唱出新期盼。
山水十八弯，生活好舒坦，
好山好水好诗篇，好人好家园。

有我在，有我来

踏过风雨后，大爱结纽带，
民情连根脉，步伐又迈开。
牵挂你的牵挂，关怀你的关怀，
真情无需表白，不负重托有我在。

黑夜灯花里，身影未离开，
爱的连心路，步步留情怀。
守护你的守护，安排你的安排，
信赖不用等待，一声号令有我来。

有我在，有我来，
为民分忧，担当亮风采。
有我在，有我来，
与民相亲，幸福连起来。

有我在，有我来，
本色不改，阳光暖心田。
有我在，有我来，
家国无恙，奉献最豪迈。

王国平

远望故乡的月亮

睡梦中时常想起母亲的米酒香，
双峰山月牙消瘦了她的脸庞，
天紫湖水涨了又落落了又涨，
多情的风吹红了乌桕吹得银杏黄。

天上的月儿挂在远方，
远方的人儿念着故乡，
故乡的月儿照在心上，
照亮这个宜于昌盛的地方。

你是否又想起老家的莲藕汤，
细细的鱼面拉长悠悠的过往，
汤池温泉令人心驰神往，
彩锦织江汉装扮人间天堂。

月儿高高地挂在天上，
创业的人儿心系故乡，
孝感天下诚信于商，
家国情怀初心不忘。

安陆·记忆

千年的浮云楼你在哪里？
钩沉的紫金台你在哪里？
残垣的古城墙你在哪里？
斑驳的青石巷你在哪里？

十里黄叶舞，
几树红杏忆，
你在秦砖汉瓦的月光中，
你在唐诗宋词的美篇里。

翰墨的汉东书院那可是你，
书香的司马东岩那可是你，
蕴藉的状元坊那可是你，
多情的樱桃渡那可是你。

碧山白云悠，
涢水涛声起，
你在郧子古国的记忆中，
你在德安府地的追梦里。

那可是我，
那可是你，
朝朝暮暮从未分离。
你就是我，
我就是你，
日月同辉永远在一起。

以梦为船

你可是南湖的那条红船，
迷蒙的烟雨遮不住
你红色的帆
你可是八一的那声
枪响，
从此就有了你自己可依靠的岸。

你可是井冈的那声号角，
茂密的翠竹摇曳出阵阵呐喊。
你可是长征的那曲壮歌，
雪山草地让你意志如磐石坚。

你就是遵义的那道晨曦，
你就是延安的那抹春色暖，
你就是抗日的那丛烽火，
你就是西柏坡那明灯一盏。

你就是建国的宏伟大业，
你就是改革的瑰丽诗篇，
你就是承前启后的领路人，
你就是那颗初心从未改变。

以梦为船，
我梦中的船。
穿过迷雾，
越过阳光灿烂。
以梦为船，
我梦中的船。
几度风云，

迎来山河换了人间。

以梦为船，
我心中的船。
仰望星空，
驶过黎明前的黑暗。
以梦为船，
永不褪色的船。
百年追梦，
再绘新时代的画卷。

天涯共知音

唐宋风，
秦汉韵，
远山伴月明。
半斟壶觞入佳境，
浓墨弄清影。

夜未央，
更已深，
独自凭栏醒。
一阕新词衷难泯，
尺素表寸心。

君填词，
我翻曲，
脉脉琴瑟鸣。
何处玉笛彻晚云，
天涯共知音。

郧国学府之恋

你可曾记得圆梦大道的两旁，
洁白的栀子花散发着淡淡芬芳，
你可曾记得细雨霏霏的学府路，
粉红的樱花伴着风儿漫舞轻扬。
拱桥映月，柳拂荷塘，
鸟语林荫，徐风晚唱。
亭台琴韵，楼阁书朗，
华年似水，岁月悠长。
我爱恋的
安陆一中啊！
翻开七彩的日记，
依然是你年轻的模样。

怎么能忘记夏日风情，那舞台上
年少的我们劲歌热舞，纵情奔放。
怎么能忘记告别懵懂的成人礼，
铿锵的誓言倾注热血，慷慨激昂。
人生远足，放飞希望，
歌咏大赛，点燃梦想。
英语晚会潇洒闪亮，
经典诵读，浸润书香。
我梦中的
郧国学府啊！
踏着新时代的节拍，
永远给我青春的力量。

爱在他乡亦故乡

清风短，
蝉声长，
蝶舞花芬芳。
谁家伊人采风忙，
歌声好悠扬。

树成荫，
鸟语林，
纷纷游人往。
何处心思可安放，
醉美辛榨乡。

青山隐，
涧水淌，
高山流水情飞扬。
聚散两依梦相伴，
爱在他乡亦故乡。

接官恋歌

槎山青，
双泉淌，
悠悠井石唱。
无影古树觅何处，
接官满亭芳。

油茶绿，
红桃香，
朵朵莲花放。
秦河卫水清如许，
处处好风光。

风儿轻，
游人往，
林间故事慢慢讲。
一草一木总是情，
淡淡乡愁炊烟长。

钟声远，
月如霜，
天涯游子思故乡。
千里万里梦相牵，
一颗初心永不忘。

接官美，
美名扬，
灵秀接官是故乡。
山山水水爱相随，
唱首恋歌传四方。

等你在襄阳

一曲汉江水，
流尽往昔时光。
一段古城墙，
诉说岁月沧桑。
一弯明月光，
照亮谁人梦乡。

一阕襄阳词，
奏响千古绝唱。

一帘神女梦，
莫道几许惆怅。
一间草庐情，
思量三分安邦。
一山归隐士，
笑傲多少帝王。
一卷书画韵，
风流浓淡墨畅。

等你在襄阳，
一壶黄酒醉人肠。
等你在襄阳，
一碗热面暖心房。
等你在襄阳，
一树女贞绿映江。
等你在襄阳，
一瓣紫薇满庭芳。

等你在襄阳，
一叶孤舟思双桨。
等你在襄阳，
一江相思水流淌。
等你在襄阳，
一场邂逅情意长。
等你在襄阳，
一支情歌传四方。

张玉萍

怀念家乡

当我离开家乡的时候，
朱桥的牡丹花儿正在开放，
“五言陆色”农庄宾朋在欢聚一堂，
我还怀念着那参天银杏的阴凉。

当我离开家乡的时候，
团山的春光正惊艳着四方，
府河两岸鸟儿在盛世欢腾歌唱，
我还怀念着那烟墩古老的城墙。

涢水千万年在源源流淌，
正在呼唤着我早日回到家乡，
她说富饶的大地啊稻谷金黄，
蜿蜒沧桑的老街早已变了模样。

安陆历经蜕变焕发荣光，
昂首前进是我们勇敢的儿郎，
她说坎坷变坦途啊大道康庄，
憧憬向往的诗画就在母亲河旁。

山水安陆，我爱你

喜欢看你，山脉连绵的峰影；
墨迹依稀，飘来诗乡传奇；
美丽的银杏醉在深邃的秋季。

习惯听你，涢水流淌的声音；
激情荡漾，古城辉煌前行；
千年的情衷刻在不朽的梦里。

山水安陆，我爱你，
你的新城崛起时代气息，
你的旧巷多少魂绕梦系，
任风涌云起，依旧锦绣千里。

山水安陆，我爱你，
把你故事写在温暖的风中，
你的名字将走向世界各地，
任千辛万苦，我们再创奇迹。

陈仁坤

涢水印象

走进安陆，就走近了涢水，
走进德安古城，我就成了一尾魚，
在花影、云影、波影的斑驳中
娇娆，在褚墙黛瓦里清心寡欲。
如果愿意，向上
可游走三陂港、青龙潭、平林埠，
向下，可以入辛榨河、云梦泽，
可以任意爱上一种青菜。
袁畈莲藕、吉阳大蒜、南乡萝卜
或巡店白花菜，都行；
爱千年银杏或李白诗篇，也行；
可以洒脱地爱上或忘记一个人，
可以在河滨湿地、护国桥、解放山去爱，
可以在樱桃渡口、浮云楼上忘记，
在三台八景的画景里清数，
也在新旧指针的记忆里欢欣，
在这温润的小城里温润。

万传武

无可救药

不曾想一见到你飞花四起，
我以为我会一直保持距离，
没想到防线突破坐以待毙。

为何已有防备却甘愿受敌，
原来你低眉浅笑让人着迷；
为何娇艳如花却还是放弃，
是因为彼此遇见没有结局。

遇见你，便无可救药地欢喜，
何其幸运，错落在心间的甜蜜，
即便无人能懂，
也此生无悔，不离不弃。

遇见你，便无可救药地欢喜，
何其无奈，故事是不完美的结局，
即使无处可说也，
此生无憾，不离不弃。

少年的梦

一直走着走着来时的路，
沿着走过的路，
在反复与坚持后
跌跌撞撞放肆心中的追求。
写下风吹不到的地方是归宿，
也是一种倾诉。
星光拉着青春的衣袖，
风也捎来问候，
在抉择与痛过后
翻山越岭到达另一个星球。
独一无二地与世界握手，
胸有成竹把风景看够，
谢谢你！
青春的路上一直在我身后。
风雨里赐予力量，不忘问候；
让我像风一样自由，信心十足。
不复制像谁一样的孩子某某，
在你眼中又是一个英雄，称其无数。
谢谢你！
逆着风挺起胸膛，在我左右；
年少轻狂扬帆远航，有你叮嘱；
即便大雨淋湿梦想，全身湿透；
也要化作一道彩虹，剑握在手；
朝同一方向，相逢未来；
一起手牵手，越过山丘。

初心是一盏明灯

望着你的身影，
总是从容坚定；
你的脚步声，合奏着每一个清晨，
一份感动源于一份爱心，

是你给美好的生活带来光明。
看着你的笑脸，
听她倾诉心声，
你的脚步声，拥抱着每一个黄昏。
一份责任赢得一份民心，
是你给万家灯火守护着安宁。
初心是一盏明灯，
在风雨中兼程，无所不能，
只是对人民的爱，做一个内心有光的人。
初心是一盏明灯，
不停点亮微光，勇往前行，
只是对人民的情，来撑起一个大写的人。

人生是一场旅行

喧闹的城市，
我在遗忘的角落里追寻。
一直与尘封的往事抗争，
来守我气若游丝的情分。
繁华的世界，
我安静成被人忽略的人，
一直向每一寸光阴逼近，
总想孤注一掷不停前行。
人生是一次旅行，
一生何求？我反复地问。
有些事心知肚明，为何去争论？
即便伤了累了，也能坚韧。
饿了就吃，困了就睡，留几分天真。

人生是一场旅行，
一生何求？我不停地问。
有些烦因己而生，为何还不明？
即便痛过哭过，一笑而过。
只求安心，无愧人生，留心中的灯。

未来的未来

雨的夜色有种期待，
落叶飘零在窗台。
痴心摇摆，无法掩埋，
世界变空白，充满依赖。

梦的夜里寻找未来，
星星散落在窗台。
释怀离开，一直徘徊，
心碎换无奈，还是期待。

未来的未来是未来，
花儿为谁而悲哀。
打量随希望留下来，
坦荡推开过往剩下残骸。
未来的未来是未来，
落叶叛逆还学乖，
荒唐写纸上等回来，
转身约定幸福撞个满怀。

心　　凉

一杯茶，兀自凉在桌上；
一句话，回旋凉在心上；
一种情，索味凉在俗上；
一个人，也慢慢变得冰凉。
曾经，年少轻狂；
如今，都变了模样。
当初，热情高涨；
如今，已没有方向。
那些欲说还休的干涩，
也有放不下的觞。
心凉了，不必纠缠对错；
看淡了，不计爱恨几多；
走散了，不求结果如何；
一个人，感谢你曾经来过。

安　　陆

那个水里的安陆，那个山里的安陆，
好山好水哟，描摹出美丽的绿洲。
这里青龙潭神奇，这里白兆山隽秀，
这里月色缠绵，这里水乡也情柔。

那个迷人的安陆，那个梦想的安陆，
好诗好画哟，浸染着碧山的情愫。
这里银杏谷曲幽，这里园中园锦簇，
这里春风拂面，这里也如火如荼。

诗里有安陆，酒里有安陆。
李白故里都是爱，不醉不罢休，
碧水涟涟镜中天，
莲香依依挽云袖，
安陆，安陆，我心中的安陆。

书里有安陆，画里有安陆，
十里钱冲都是爱，尽是惹人愁。
涢水汤汤似画卷，
善书奇葩已出炉，
安陆，安陆，我心中的安陆。

高林

诗画安陆

吟诗涢水，
桃花十里馨香。
挥毫碧山，
谱写千年诗章。
山影点染水墨画卷，
涢水是你深情的眼。
白兆寺桃花岩举杯望月，
太白楼杨柳岸清风红颜，
诗与酒的缠绵跨越千年。
是谁在轻轻吟唱？
桃花流水杳然去，

是谁在轻轻挥毫？
碧山涢水如画廊，
涢酒醉了银杏叶。
满山遍野披金黄。
啊，安陆，古老安陆，
啊，安陆，诗画安陆，
你是我梦中的天堂。
美丽的安陆给我梦想，
我的梦想在家乡，
我的家乡是天堂。

蔡五成

府城情　安陆天

白兆山上仰诗仙，
钱冲银杏色香艳。
历史文化传千年，
别样天地府河畔，绿水依青山；
大街小巷歌声甜，情深乐家园。

府城情，安陆天，
市容景观日日变。
居安思进定信念，
陆通致远开新篇。
城乡文明共创建，和谐万民欢，
相亲相爱情意暖，幸福拥明天。

幸福家园

有一座城在涢水河畔，
古老的灵气流淌了千百年。
白兆山上仰诗仙，
银杏色香誉楚天，
历史文化情长而久远。

有一座城在涢水河畔，
时代新气息荡漾在蓝天。
居安思进奋向前，
陆通致远定信念，
青山绿水城乡处处欢。

啊……安陆！
美丽的城市，
我们的家园，
鸟语花香艳哟温暖在心田，
幸福指数高哟和谐大团圆。

悠悠涢水情

胡国平

大地沉醉蝴蝶梦，
香脆圆润在南乡。
浮云楼阁升紫烟，
凤凰筑台观平阳。
白兆山顶觅诗仙，
古韵遗风情悠悠。
府河滔滔向前进，
涢水两岸是故乡。
啊！
涢水两岸是故乡。

安详绿洲美如画，
千年银杏笑开颜。
阳光沐浴幸福花，
经济繁荣惠民生。
自然和谐谱新篇，
生态文明奏华章。
宏图万里展风采，
园林城市美名扬。
啊！
园林城市美名扬。

安陆颂歌

刘仕勇

我从远古走来，
碧山是我的脊梁，
郧水是我的血脉，
稻棉是我的物产，
银杏是我的标牌。
汉丹安花交通网，
将大千世界为我敞开。
我经历了唐宋的鼎盛，
也见证了时代的兴衰。
许逵师、郝志俊是我骄儿，
我的女婿是李太白。
红杏尚书宋祁、宋庠，
词牌流传千万代。
抗日五师的健儿们，
在我身边把日寇葬埋。
我孕育了厚重文化，
昔时有八景三台。
今诗词、书法、漫画，
已成为全国品牌。
安居思进，陆通致远，
我梦想走向新时代。
脱贫致富，迈向小康，
奋斗前行，更加豪迈。

梅传忠

美丽安陆我的家

是那白兆山的一片桃树花，
让李白酒隐安陆，诗兴勃发。
是那钱冲银杏的一抹彩霞，
美了冬春，醉了秋夏。

是那涢水边的一幅水彩画，
让碧水悠悠流过青梅竹马。
是那生态团山的天然氧吧，
美了乡村，醉了年华。

啊，美丽安陆我的家，
灵山秀水环抱着她！
源远流长楚文化，漫画传佳话，
诗意之城舞文弄墨驰骋天下！

啊，美丽安陆我的家，
敢为人先成就了她！
古城新貌发新芽，开放迎天下，
安陆儿女开拓创新，意气风发！

孙克超

家在府河边

常常想起岸边袅袅的炊烟，
渔歌唱晚和梦想的帆。
时时念起娘亲望归的泪眼，
不倦的身影和饭菜的甜。
涢水风浪起，人生天地宽。
唐宋风骨，红杏诗篇，
无论身在千里远，
我家就在府河边。

常常遥望岸上绵绵的青山，
十年风尘和自在的仙。
时时念起诗酒千巡的誓言，
家国春秋和沧海桑田。
流云常到户，纤月半垂帘。
古城安陆，天上人间。
身在他乡终是客，
我家就在府河边。

千年安陆

悠悠涢水，源远流长，
从远古走来盛满铁血荣光。
巍巍碧山，雄伟壮阔，

携雷霆万钧汇聚磅礴力量。
郧国故地，楚风流布，
古城安陆，诗意飞扬。
一壶浊酒，千年月光，
浪漫诗仙让我一遍遍梦回大唐。

云横白兆，百福呈祥；
日耀金泉，水色天光。
千年银杏滋养天地正气，
沃野千里孕育山高水长。
安居思进，初心不忘；
陆通致远，誉满八方；
千年安陆，万世流芳，
铿锵的脚步让它一次次走向辉煌！

张青松

醉美安陆

醉了日月，醉了春秋，
醉了桃花流水杳然而去。
碧山如诗，涢水如酒，
还有千年的银杏为谁等候。

美了天下，美了神州，
美了画里画外，美不胜收。
府河辉映，一城锦绣，
还有时尚的姑娘和谁邂逅。

醉美安陆，醉美安陆，
和你一起走进李白的乡愁。
情也深深，意也悠悠，
安陆就在我心中春光常驻。

醉美安陆，醉美安陆，
和你一起感觉太多的幸福。
一生的缘，百年相守，
安陆总在我梦里眷恋永久。

大美安陆

巍巍白兆山高，悠悠府河水长，
是你的桃花流水，让我的爱徜徉。
我在李白故里，抒写飘逸的诗行，
我在银杏之乡，放飞金色的希望。

满眼诗情画意，五城鸟语花香，
是你的绿水青山，让我的心安放。
我在人文高地，描绘七彩的春光，
我在云上家园，追寻幸福的梦想。

大美安陆，安居天堂，
碧山涢水诗仙眷恋的故乡。
谁气宇轩昂，千年守望你身旁，
谁流连忘返，不醉不归画中央。
大美安陆，陆通八方，
异彩纷呈托起明日的朝阳。

谁一路高歌，胸中激荡着力量，
谁敢于担当，拥抱盛世新辉煌。

郑家柱 <

如诗如画美家园

在那恬静的涢河岸边，
闲庭信步登月轩。
望河心，
水天一色，
白鹭欢腾水天间。
在那妩媚的涢河岸边，
湿地公园百花鲜。
晚霞临，
彩灯一遍，
涢城儿女舞翩跹。
在那洁净的涢河岸边，
家园美如画胜如诗篇。
楼斑斓，
高耸入云，
山乡变气象万千。
在那欢快的涢河岸边，
有千年银杏参天。
金秋时，
果硕叶黄，
琳琅满目招游恬。
还有那：
碧山卧谪仙，
诗词百首，
雕像立山巅。
甚欣慰，
荆楚古都城，
换了新篇，
是别有洞天。

山碧水秀话诗篇

涢河水呀水秀秀，
河滨公园乐悠悠。
晚霞停留，
林间道映彩图，
火树银花耀眼球。
涢河水呀水清清，
白鹭嬉戏踏歌声。
桃柳争馨，
幽香飘漫涢城，
涢城儿女舞欢腾。
涢河水呀水潺潺，
荆楚文化的发源。
换了人寰，
如织锦似画卷，
涢城城池遍斑斓。
白兆山呀山碧碧，
千年银杏茂密密。
李白故里，
引游人流连忆，
别有洞天涢城地。

郑靖

迎宾曲

朋友啊朋友！
当你走进李白故里，
一定很惊奇，
千百年的古都邸，
如今城郭多秀丽，
似一颗璀璨明珠，
镶嵌在鄂东腹地。
朋友啊朋友！
欢迎你进我家园里，
给你一惊喜，
过往文人骚客挥笔，
现今上榜园林城市，
天然植被生态景观，
如诗如画交相汇集。
朋友啊朋友！
邀请你进我家园里，
你还会熟悉，
中国粮机产业之都，
东方红竖世界各地，
招商企业星罗棋布，
全面开花硕果遍及。
朋友啊朋友！
当你走出李白故里，
请不要忘记，
待等金秋来游憩，
千年银杏召唤你，
南乡萝卜白花菜，
盛情款待表心意。

卓金平

楚天安陆

你从楚天走来，
德安府是我的家乡。
千年银杏谱写革命传统，
大别山上唱英雄，唱英雄。

白兆山谷，
诗仙李白傲首安陆，
涢水城的儿女哟，
能文又能武。

哗啦啦啦的长江水，
那是我的母亲河，
爱也悠悠，情也悠悠。

你从唐宋走来，
涢酒一杯飘香万里。
千年古城历经沧海桑田，
楚天风云换新装，换新装。

森林公园
银杏之乡天地相连
涢水城的儿女哟，
可爱又可亲。

哗啦啦啦的长江水，
那是我心中的歌。
想也悠悠，念也悠悠。

啊……旭日又东升。
民俗风情惹人醉，
绿色天堂安陆城。
一花一草都是情，
都是情。

最美的安陆人

那是一个秋天，
白兆山下的林荫小道上，
金色的银杏摇曳在风中，
一个漂亮的大姐姐，
牵着一个小弟弟，
在秋的晚霞中走向家的方向，
那是我的故乡，
最美的安陆人。

为什么我的眼里常含着泪水，
因为我爱我的家乡。
爱得如此深沉，
无论我身在何处，
我都深深地爱着您。
这片多情的黑土地，
那是我的故乡，
最美的安陆人。

又是一个秋天，
涢城的天空大雁在南飞，
远方的夕阳染红了云彩，
有一对年轻的夫妻，
牵着一个老奶奶，
在秋的晚霞中走向家的方向，
那是我的故乡，
最美的安陆人。

有一种声音久久回响在耳畔，
那是李白的诗歌，
最美的安陆人，
有一种精神久久陪伴着安陆，
那是楚天的梦，
最美的安陆人。

无论我身在何处，
我都深深地爱着您。
这片多情的黑土地，
那是我的故乡，
最美的安陆人。

安陆民歌赏析

ANLU MINGE
SHANGXI

安陆民歌简介

民歌是人类文化的瑰宝。它源于人民的生活，反映了人民的生活，又广泛而深入地影响着人民的生活。民歌多为人们在口口相传中不断加工提高的集体创作，其音乐语言简明洗练，音乐形象鲜明生动，表现手法丰富多样。

安陆民歌可分为号子、山歌、田歌、灯歌、小调、风俗歌、儿歌等，内容主要宣扬传统道德观念，表现劳动人民生产情况和爱情生活。安陆民歌的调式以宫、商、徵、羽四种为常见，主要为徵调式；角调式也有，但比较少见，且不典型。安陆民歌的旋律多见下行，以五声音阶为主，也有少数有清角、变宫或变徵的六声音阶。

号子 有打硪、搬运、榨油、打麦号子，多由一人领唱，众人齐和，旋律简练，节奏明快，起落有致，气势豪迈。一般歌词中有咳哟、嗨、嗬等衬词（字）。

田歌 农忙时节，为解除疲劳，安陆人有唱歌的习惯，主要有栽秧歌和车水歌。栽秧歌多为啰伙调 (分大小啰伙、推草啰伙)、对谜调、吆九调，悠扬悦耳。车水歌亦称“车水锣鼓”。其板式和唱腔，安陆河东与河西有差异：河东按速度分慢板、赶快、快板、煞腔，速度渐快，称“步步紧”；河西分“正歌”“赶二句”“赶三句”“天字腔”“一捶锣”。歌唱时一领众和，唱腔高亢、舒展，以大段锣鼓间奏。

山歌 安陆山歌多为乡间放牛娃所唱，主要流行于西乡、北乡等丘陵地带。其形式有猜谜歌，如《松树高头挂灯笼》，一问一答对唱；也有情歌，如《莫把我姐晒黑了》等。歌词多为即兴创作。

灯歌 灯歌为舞龙灯、划采莲船、跑竹马、踩高跷、玩狮子时演唱。曲牌有“四平调”“纽丝调”“京山调”“采花调”“打牙牌”“闹元宵”“八仙调”“泗洲调”等20多种。情绪高亢，曲调欢快，演唱时有鼓乐伴奏。

小调 小调为里巷之曲，流行社会各阶层，内容反映爱情的较多，如《十把扇子》《十条手巾》《十二月望郎》《十诉姐恩》等，还有控诉封建礼教的《苦媳妇》《寡妇自叹》《断姻缘》等。以独唱为主，节奏平稳，声调婉转，如诉如泣，歌唱性强，常以弦乐伴奏。

号子

十把扇娃

（打硪号子·快六硪）

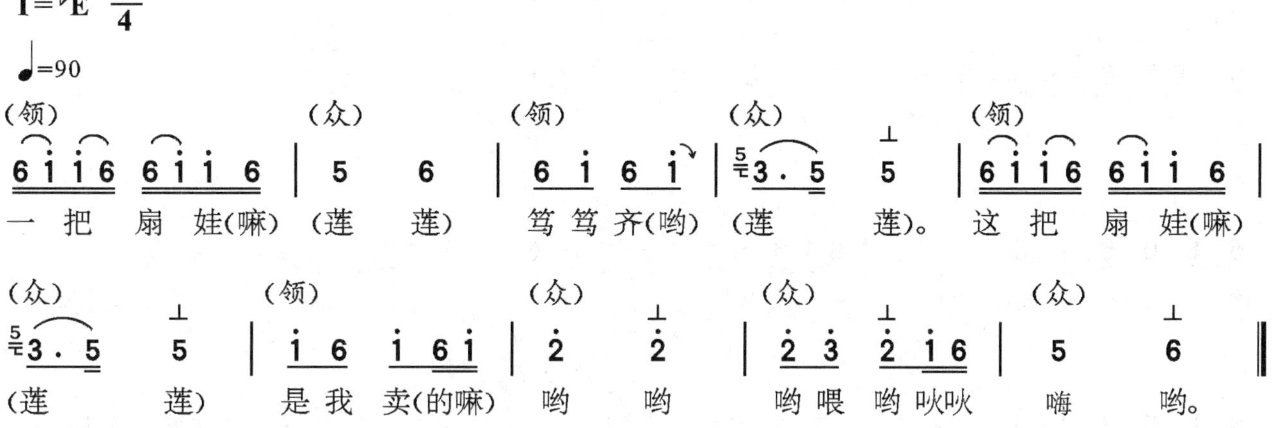

1=♭E 2/4

♩=90

（领） 6 i i 6 6 i i 6 | （众） 5 6 | （领） 6 i 6 i | （众） 3 . 5 5 | （领） 6 i i 6 6 i i 6 |

一 把 扇 娃(嘛) (莲 莲) 笃 笃 齐(哟) (莲 莲)。 这 把 扇 娃(嘛)

（众） 3 . 5 5 | （领） i 6 i 6 i | （众） 2 2 | （众） 2 3 2 i 6 | （众） 5 6 ‖

(莲 莲) 是 我 卖(的嘛) 哟 哟 哟 喂 哟 吹吹 嗨 哟。

这是一首打硪号子，分为上下两句，曲调采用五声调式，结尾落在羽音上。歌词中“扇娃”的方言具有鲜明的地域特点，衬词的运用在共性中凸显个性。演唱时单小节领，双小节合。

打麦歌

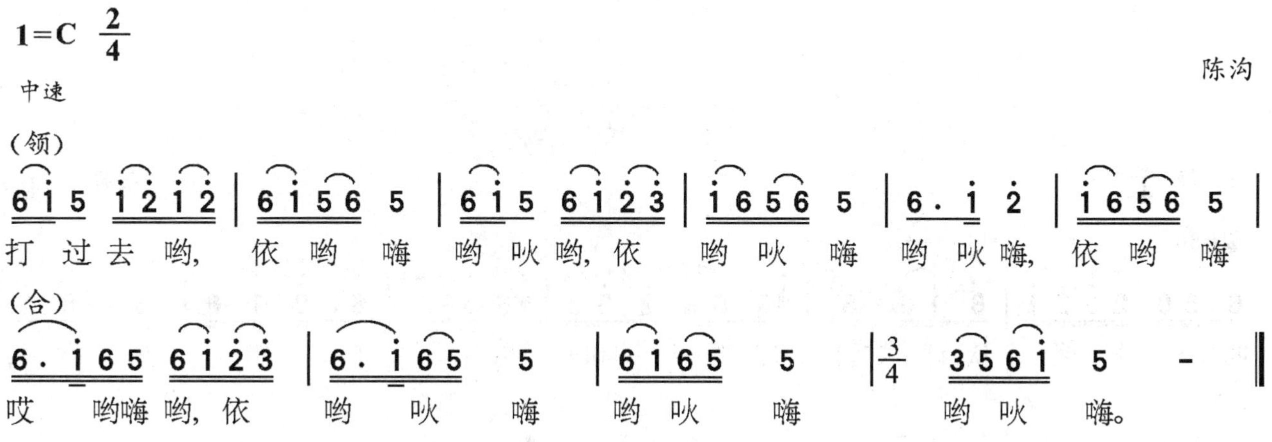

1=C 2/4

中速

陈沟

（领） 6 i 5 i 2 i 2 | 6 i 5 6 5 | 6 i 5 6 i 2 3 | i 6 5 6 5 | 6 . i 2 | i 6 5 6 5 |

打 过 去 哟, 依 哟 嗨 哟 吹 哟, 依 哟 吹 嗨 哟 吹 嗨, 依 哟 嗨

（合） 6 . i 6 5 6 i 2 3 | 6 . i 6 5 5 | 6 i 6 5 5 | 3/4 3 5 6 i 5 - ‖

哎 哟嗨 哟, 依 哟 吹 嗨 哟 吹 嗨 哟 吹 嗨。

此歌为一段体上下两句式非对称结构，曲调为五声徵调式。歌词除“打过去”三个字外，都由衬词构成。演唱时上句为领，下句为合。

田歌

车水号子

1=D $\frac{2}{4}$

李店、陈沟

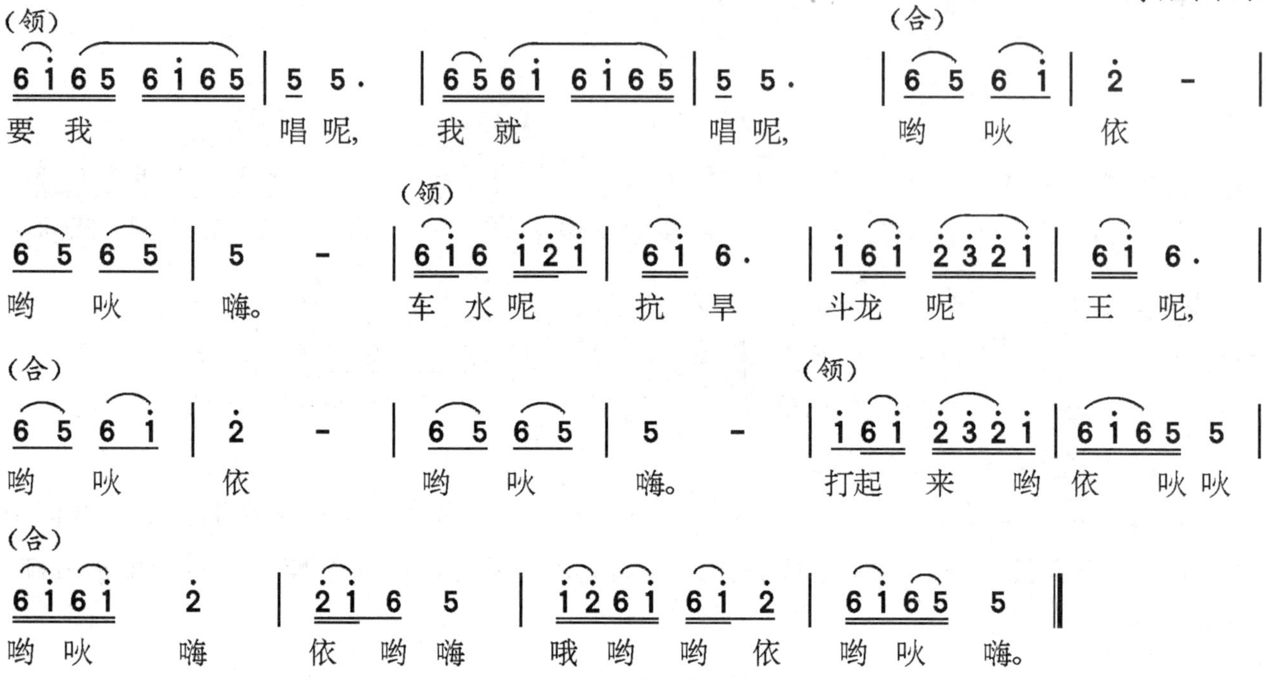

（领）要我唱呢，我就唱呢，（合）哟吙依哟吙嗨。

（领）车水呢抗旱斗龙呢王呢，

（合）哟吙依哟吙嗨。

（领）打起来哟依吙吙

（合）哟吙嗨依哟嗨哦哟哟依哟吙嗨。

这是劳动人民在车水时为协调动作、统一节奏、消除疲劳、鼓足干劲而演唱的一首歌曲，为三乐句式结构。曲调为五声徵调式。

栽秧歌

1=D $\frac{2}{4}$

赵棚、易垮

♩=80

叫一声哟伙计们，哎哟哟吙嗨，下田来哟吙，

唱起山歌儿把秧哦栽哟。

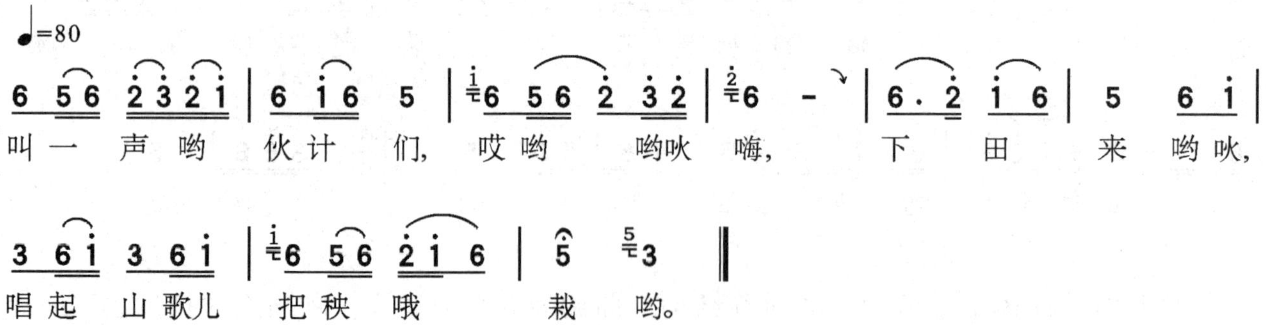

顾名思义，这是一首劳动人民在栽秧时演唱的歌曲，为上下两乐句非对称型结构，曲调为在安陆民歌中少见的五声角调式。演唱时要注意下滑音、前倚音以及自由延长音的表现。

山 歌

放牛山歌

赵栅、易垮

1＝D

自由地

6·i 65 35 6·i 65 325 356 5· | 55 35 6i5 6 6i5 6 ii6 5 |

这个山上望到那个山上一棵嘞松呢，松树咧个高头哎挂灯咧笼哦，

5 5 35 6 i5 6 i5 6 i 6· | 6i5 6 6i5 6 6i5 6 i 6 | 0 0 ‖

灯笼咧个（杜）里咧三把咧火咧，那个咧有种咧往这咧冲咧啰[illegible]。

这首歌曲节奏比较自由，句式相对规整，上句为五声徵调式，下句转调为五声羽调式。演唱时要注意自由延长音、下滑音和上滑音的处理。

灯歌

跑竹马

（八仙）

$1={}^{\flat}B$ $\frac{2}{4}$

赵棚

中速

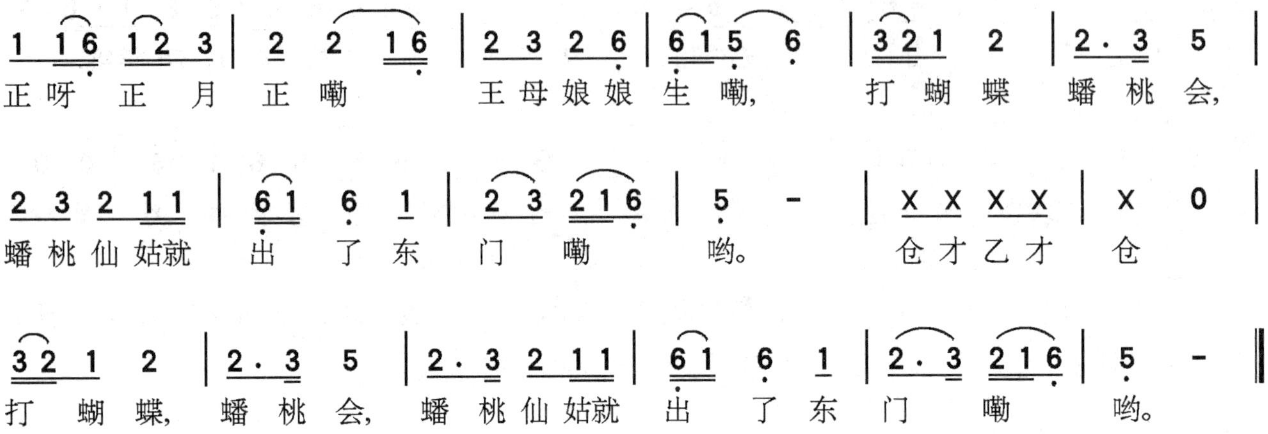

1 16 12 3 | 2 2 16 | 2 3 2 6 | 615 6 | 321 2 | 2·3 5 |

正呀 正 月 正 嘞 王母娘娘 生 嘞， 打 蝴 蝶 蟠 桃 会，

2 3 2 11 | 61 6 1 | 2 3 216 | 5 - | X X X X | X 0 |

蟠 桃 仙 姑就 出 了 东 门 嘞 哟。 仓 才 乙 才 仓

32 1 2 | 2·3 5 | 2·3 2 11 | 61 6 1 | 2·3 216 | 5 - ‖

打 蝴 蝶， 蟠 桃 会， 蟠 桃 仙 姑就 出 了 东 门 嘞 哟。

此歌共三个乐句，第一乐句为羽调式，第二乐句为徵调式，第三乐句为第二乐句的完全重复。二、三乐句之间插入锣鼓乐。歌词共八段，采用分节歌的形式记谱。

划船调

$1=D$ $\frac{2}{4}$

陈店、东罗

中速

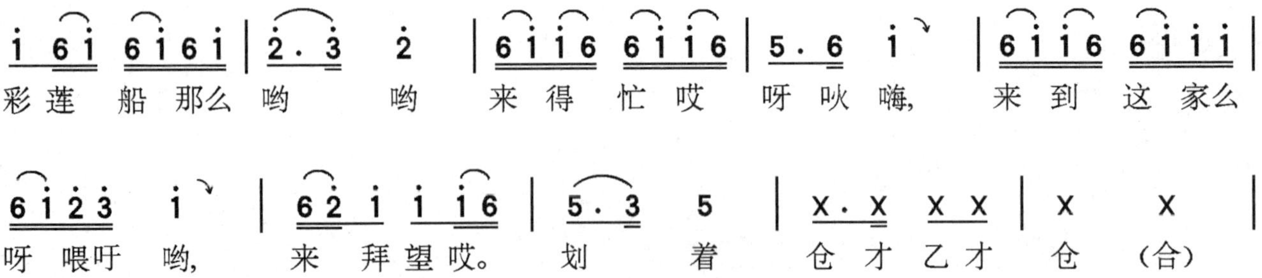

1 61 6161 | 2·3 2 | 6116 6116 | 5·6 1 | 6116 6111 |

彩 莲 船 那么 哟 哟 来 得 忙 哎 呀 [illegible] 嗨， 来 到 这 家么

6123 1 | 621 1 16 | 5·3 5 | X·X X X | X X |

呀 喂吁 哟， 来 拜 望 哎。 划 着 仓 才 乙 才 仓 （合）

1̇.2̇ 1̇ 6 | 5.6 1̇ 6 | 6 1̇ 2̇ 3̇ 1̇ 6 | 5.3 5 | X X X X |

哟 哟 呀 吙 嗨 来 拜 望 哎。划 着 仓 才 台 才

X X X X | X XX X X | X X X | X X X X | X X X X | X X ‖

仓 才 台 才 仓 才才 台 仓 台 才 仓 仓 才 乙 仓 仓 才 乙 仓 仓。

此歌分为上下两句，上句为领唱，下句为合唱，两句之间用锣鼓乐做间奏，第二句后面的锣鼓乐为尾声。此歌为五声徵调式。演唱时要注意下滑音的把握。

小调

对子歌

1=C $\frac{2}{4}$

程巷、烟店

中速

6·1 2 | 1216 5 | 21 61 | 1216 5·6 | 112 116 | 356 5 |

(甲)我 出一	对 我的 一，	初一，十一，二	十 一，	什么籽 开花儿	盖 地 皮？
我 出二	对 我的 二，	初二，十二，二	十 二，	什么籽 开花儿	起 苔 儿？
我 出三	对 我的 三，	初三，十三，二	十 三，	什么籽 开花儿	一 包 茎？
你 出四	对 我的 四，	初四，十四，二	十 四，	什么籽 开花儿	一 包 刺？
我 出五	对 我的 五，	初五，十五，二	十 五，	什么籽 开花儿	赶 端 午？
你 出六	对 我的 六，	初六，十六，二	十 六，	什么籽 开花儿	顺 田 沟？
你 出七	对 我的 七，	初七，十七，二	十 七，	什么籽 开花儿	水 肚 里？
我 出八	对 我的 八，	初八，十八，二	十 八，	什么籽 开花儿	辣 人 家？
你 出九	对 我的 九，	初九，十九，二	十 九，	什么籽 开花儿	做 麦 酒？
我 出十	对 我的 十，	初十，二十，加	一 十，	什么籽 开花儿	被 人 失？

3213 2 | 2161 6 | 21 61 | 1216 5·6 | 112 16 | 356 5 :‖

(乙)你 出 一	我就对 一，	初一，十一，二	十 一，	地菜 开花	盖 地 皮。
你 出 二	我就对 二，	初二，十二，二	十 二，	韭菜 开花	起 苔 儿。
你 出 三	我就对 三，	初三，十三，二	十 三，	花生 开花	一 包 茎。
你 出 四	我就对 四，	初四，十四，二	十 四，	菊花 开花	一 包 刺。
你 出 五	我就对 五，	初五，十五，二	十 五，	桅子花 开花	赶 端 午。
你 出 六	我就对 六，	初六，十六，二	十 六，	南瓜 开花	顺 田 沟。
你 出 七	我就对 七，	初七，十七，二	十 七，	棱角 开花	水 肚 里。
你 出 八	我就对 八，	初八，十八，二	十 八，	大椒 开花	辣 人 家。
你 出 九	我就对 九，	初九，十九，二	十 九，	大麦 开花	做 麦 酒。
你 出 十	我就对 十，	初十，二十，加	一 十，	竹子 开花	被 人 失。

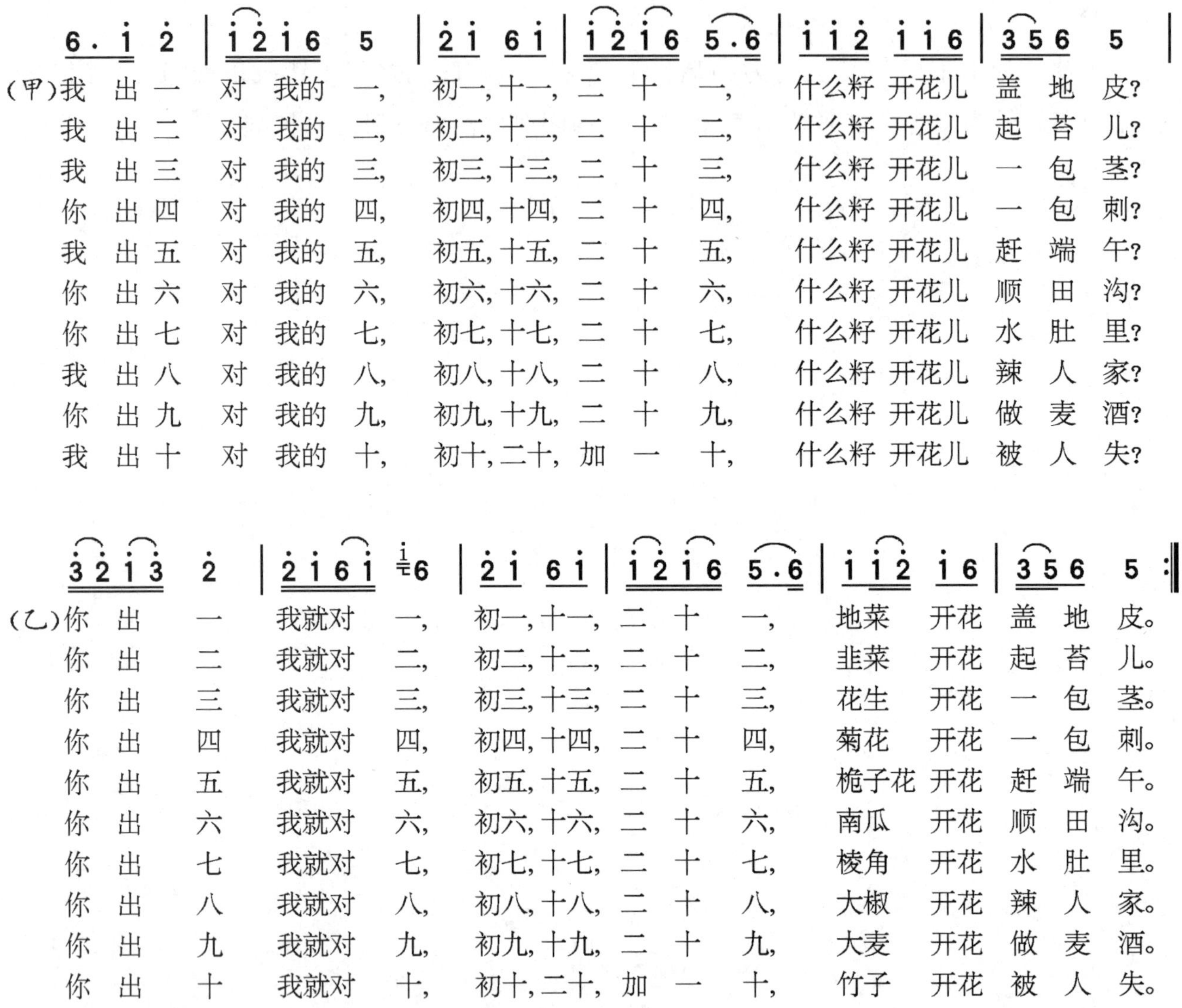

此歌为一段体，由上下两个完全对称的乐句构成。第二乐句是第一乐句的变化重复，仅前两小节不同。歌曲共十段歌词，采用分节歌的形式，曲同词不同。歌曲为五声徵调式。

卖饺子

1=D $\frac{2}{4}$

程巷、烟店

中速

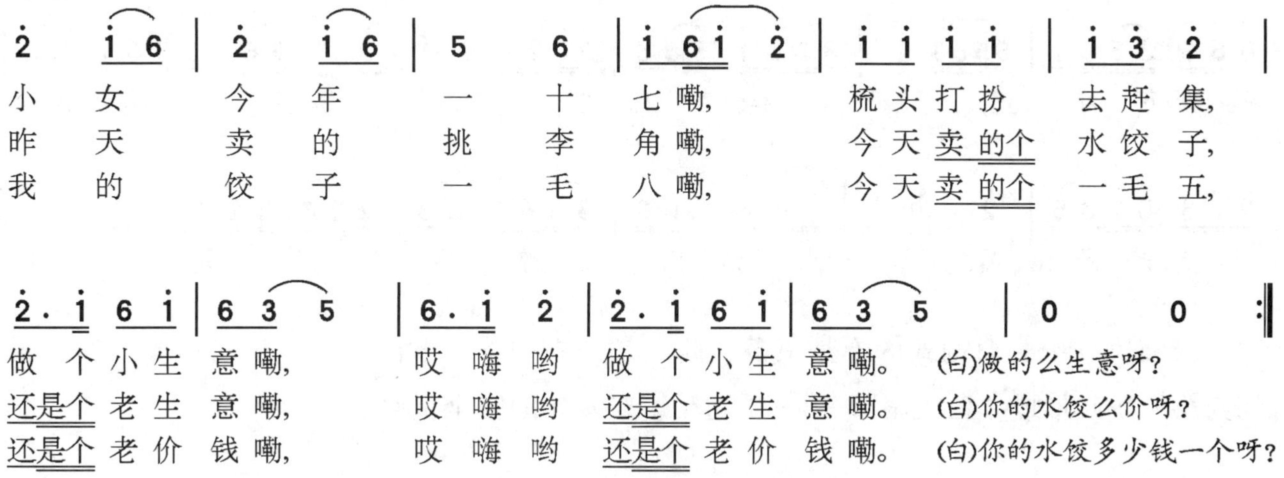

2 16 | 2 16 | 5 6 | 161 2 | 11 11 | 13 2 |
小 女 今 年 一 十 七嘞，梳头打扮 去赶 集，
昨 天 卖 的 挑 李 角嘞，今天卖的个 水饺 子，
我 的 饺 子 一 毛 八嘞，今天卖的个 一毛 五，

2·1 61 | 63 5 | 6·1 2 | 2·1 61 | 63 5 | 0 0 :‖
做 个 小 生 意嘞，哎 嗨 哟 做 个 小 生 意嘞。(白)做的么生意呀？
还是个 老 生 意嘞，哎 嗨 哟 还是个 老 生 意嘞。(白)你的水饺么价呀？
还是个 老 价 钱嘞，哎 嗨 哟 还是个 老 价 钱嘞。(白)你的水饺多少钱一个呀？

此歌为一段体，由三个乐句构成，第一乐句尾音落在商音上，第二乐句尾音落在徵音上，第三乐句为第一乐句与第二乐句的呼应。此歌的另一个特点是结尾有对白的词句，富有浓郁的生活气息。歌曲为五声徵调式。

望郎

1=G $\frac{2}{4}$ $\frac{3}{4}$

李店、陈沟

中速

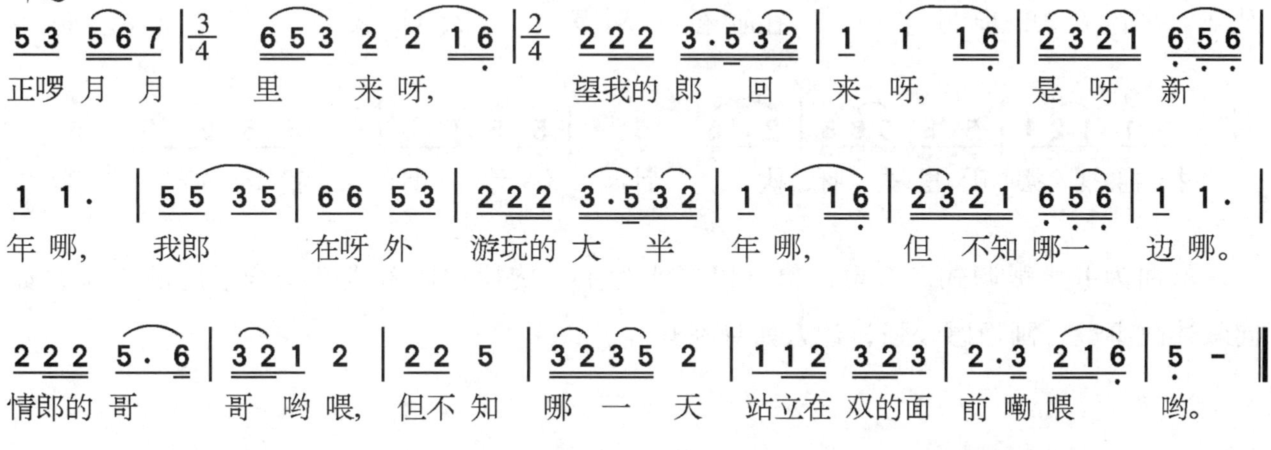

53 567 | $\frac{3}{4}$ 653 2 2 16 | $\frac{2}{4}$ 222 3·532 | 1 1 16 | 2321 656 |
正啰月 月 里 来呀，望我的郎 回 来 呀，是 呀 新

1 1· | 55 35 | 66 53 | 222 3·532 | 1 1 16 | 2321 656 | 1 1· |
年 哪，我郎 在呀 外 游玩的 大 半 年 哪，但 不知 哪一 边 哪。

222 5·6 | 321 2 | 22 5 | 3235 2 | 112 323 | 2·3 216 | 5 - ‖
情郎的 哥 哥 哟 喂，但不 知 哪 一 天 站立在 双的面 前 嘞 喂 哟。

此歌为六声徵调式（加了一个变宫音），四二与四三的变换拍。歌曲由三个乐句构成，第二乐句是第一乐句的变化重复，采用了同尾换头的方式，两句的尾音都落在宫音上面，使歌曲显得简洁又便于记忆；第三乐句三四小节为一二小节的变奏。整首歌曲不但简洁明了，而且旋律感强，富于歌唱性。

怀 胎

1=F $\frac{2}{4}$

中速

李店、陈沟

怀胎呀正月正，日月要都有心，进绣房一路睡，一人就笑盈盈；进绣房一路照，二人就笑盈盈。

安陆民歌中，商调式的不是很多，此歌是其中一首。歌曲由三个乐句构成，第二乐句与第一乐句形成“鱼咬尾”，第三乐句是第二乐句的完全重复。

黄 土 坡

1=C $\frac{2}{4}$ $\frac{3}{4}$

稍快

程巷、烟店

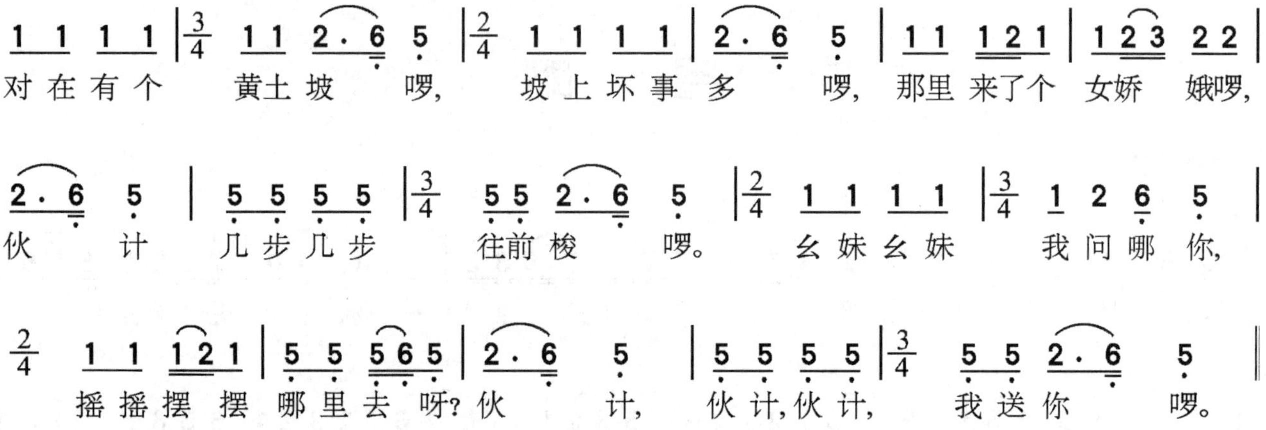

对在有个黄土坡啰，坡上坏事多啰，那里来了个女娇娥啰，伙计几步几步往前梭啰。幺妹幺妹我问哪你，摇摇摆摆哪里去呀？伙计，伙计，伙计，我送你啰。

歌曲为五声徵调式。节奏简单，以二八为主，旋律用同音进行结合适度的小跳，如同叙述故事般，画面感较强，让人如身临其境。

双探妹

1=♭B $\frac{2}{4}$

♩=102

赵棚、易垮

5 3 2 3 | 5 6 5 3 2 | 1 1 6 1 2 3 | 2 - | 5 3 2 3 | 5 3 2 |
三 月里个 探啰 妹呀 是呀 清 明， 我 探里个 小 妹子

1 1 6 1 2 3 | 2 - | 3 · 2 3 1 | 2 · 3 1 6 | 6 1 5 6 | 1 6 1 2 3 |
上山 去 采 青， 采青本是 假 啰， 妹 子 呀 试试你 的

2 · 3 2 1 | 1 1 6 1 2 3 | 2 - ‖
心 啰， 看你 真 不 真。

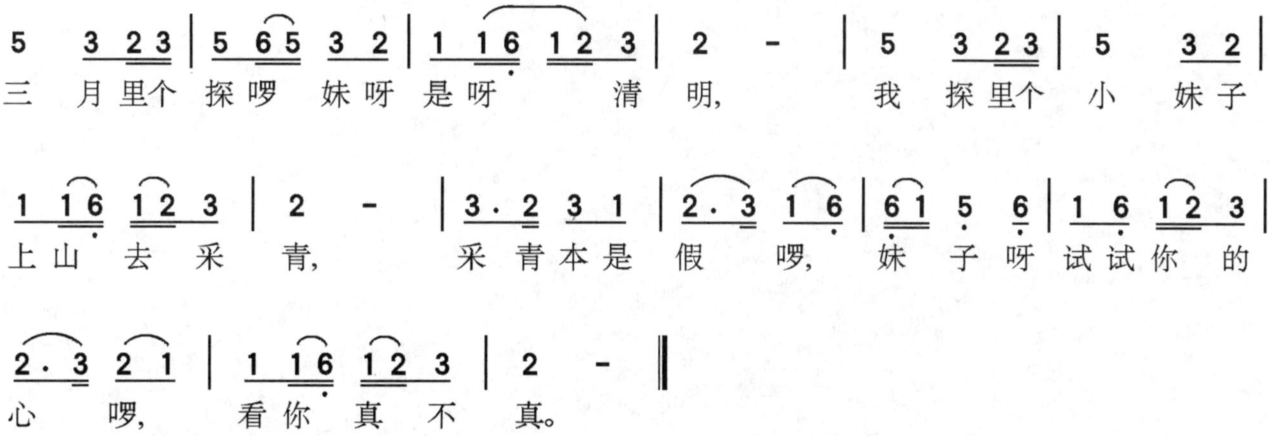

此歌是商调式，由三个乐句构成，前两个乐句完全重复，第三乐句为前面乐句的变化重复。歌曲旋律简明流畅。

情系安陆

QINGXI
ANLU

冼星海

冼星海（1905—1945），曾用名黄训、孔宇，中共党员。祖籍广东番禺（今广州市南沙区榄核镇），出生于澳门，中国近代著名作曲家、钢琴家，有“人民音乐家”之称，其创作的《黄河大合唱》广为人知。

冼星海1926年进入北京大学音乐传习所，1928年进入上海国立音乐专科学校学习。1929年赴巴黎，师从提琴家帕尼·奥别多菲尔和作曲家保罗·杜卡斯。1935年回国后，积极参加抗日救亡运动。1938年赴延安，后担任鲁迅艺术学院音乐系主任。1939年6月加入中国共产党。1945年10月30日病逝于莫斯科。

2009年，冼星海被评为“100位为新中国成立作出突出贡献的英雄模范人物”。

冼星海在湖北待了一年，其中有半年左右生活在安陆。

1937年7月7日，抗日战争全面爆发。7月15日，上海剧作者协会举行全体会议，根据抗日统一战线精神，由夏衍提议并经会议一致通过，以中国剧作者协会和戏剧联谊社名义发起成立上海戏剧界救亡协会，组织13个救亡演剧队分赴全国各地活动，动员全民抗战。

1937年10月2日，救亡演剧二队抵达汉口，冼星海所在的分队负责在武汉、黄石、安陆、随县、枣阳、襄樊等地演出、宣传。年底，演出队来到安陆，先住在安陆县立小学。后来为方便组织中学生协助演出，搬进了汉东书院（时为省立初级中学）。1937年冬，诗人光未然因事从武汉回鄂北，路过安陆，在演剧二队住了十多天，度过了新年。这段时间，光未然作词，冼星海谱曲，创作了十几首歌曲，如《新中国》《新时代的歌手》《戏剧抗战》《拓荒歌》《纪念五一节》《保卫大武汉》等。至1938年6月1日，冼星海三次到安陆，三住汉东书院，在晚香亭演出了《放下你的鞭子》《逃亡到哪里》等话剧。

冼星海与夫人钱韵玲的姻缘是在安陆结下的。1937 年底，时为武汉教师的钱韵玲也在安陆宣传抗日。一天，她在安陆县立小学教孩子们唱冼星海谱写的抗日救亡歌曲时，空袭警报响了。她疏散了孩子们，自己却负了伤。冼星海救助了她，之后他们在战斗中结下了深厚的友谊，但冼星海一直不知道钱韵玲是中共湖北组织创始人、著名教授钱亦石的女儿。钱亦石逝世，他们回了武汉。直到周恩来、叶剑英、董必武等人组织追悼会，冼星海才知钱亦石和钱韵玲是父女关系。1938 年 7 月 20 日，在田汉的主持下，他们在武汉完婚。

何宽钊

何宽钊，男，博士，中央音乐学院教授，博士生导师。1969 年出生于安陆，1984 年考入湖北省应山师范学校（今广水师范学校）。1987 年被分配至安陆市文昌中学任教。1991 年考入中央音乐学院音乐学系读本科，随袁静芳教授学习中国传统音乐，1996 年获得学士学位。1996 年被分配至中国交响乐团工作。1997 年考入中央音乐学院，师从王次招教授，2002 年获硕士学位。同年考入中央音乐学院，师从于润洋教授，攻读音乐美学方向博士，2007 年获博士学位，留中央音乐学院音乐学系任教。现为中央音乐学院音乐学系系主任，兼音乐学系音乐美学教研室主任，中央音乐学院第十二届学术委员会委员，中国音乐美学学会理事兼秘书长。从事音乐美学、音乐批评等领域的教学与科研工作，开设“从中世纪到古典主义：哲学—美学视野中的西方音乐”“音乐评论”等课程。撰写学术论文 30 余篇，专著两部——《哲学—美学视野中的西方和声演进》《论音乐审美评价》，参编教材一部——《西方现代音乐美学》。主持省部级项目两项，“西方和声的哲学—美学阐释”为 2013 年文化部文化艺术研究项目，“人文央音通识教育改革探索”为 2020 年北京市高等教育本科教学改革创新项目。

邓小峰

邓小峰，男，1958年9月出生于湖北省孝感市，祖籍安陆市孛畈镇。1985年毕业于武汉音乐学院，研究生学历，现为武汉理工大学教授，硕士生导师，中国高等学校教育学会音乐教育专业委员会理事，湖北省高等学校音乐教学指导委员会常委，湖北省合唱协会常务理事，曾任第十四届CCTV青年歌手电视大奖赛湖北省代表队专职艺术指导，国家艺术基金专家评委。

主编与参编《读谱与乐理》，《大学综合音乐教材》，《大学音乐》等教材。创作的歌曲《把心贴着祖国》《少年的星空》《我和祖国一起飞》《为青春喝彩》等获国家级奖项十项。为微电影《月湖情深》、电视剧《心烛》作曲。指导的撒叶儿嗬组合荣获第十三届CCTV青年歌手电视大奖赛原生态唱法金奖。

蔡明强

蔡明强，男，1955 年出生，安陆人，中国音乐家协会会员，湖北省音乐家协会会员，湖北省音乐教育委员会委员，湖北省音乐家协会考级委员会委员。参加工作 40 多年，历经多个文化工作岗位，参与策划、导演多项大型文体活动，参加多次全省、全国性文艺汇演，获得多个奖项。如参与了 1992 年全国农民运动会开幕式策划组织工作；参与策划、导演了中央电视台在孝感举办的《激情广场》《星光大道》等节目；策划、执导孝感市多届春晚及运动会开幕式等活动。1989 年，以首席小提琴手的身份参与大型楚剧《虎将军》的进京演出，该剧获“文华奖”；1993 年，以首席小提琴手的身份参与大型楚剧《中原突围》的演出，该剧获“五个一工程奖”；1995 年，配乐、制作的孝感市《以文补文》电视专题片获省级一等奖。工作期间先后获评省、市先进个人，优秀组织工作者，先进工作者等荣誉称号。2009 年被孝感市委组织部、宣传部授予“孝感市文化拔尖人才”称号。2012 年被评为“孝感首届文化名家”。